La collection Poivre est dirigée par Georges Foveau

À tous les coureurs à pied anonymes,
en particulier à ceux trop peu nombreux
qui ont la délicatesse
de terminer les courses derrière moi.
Z.

IV/2013
www.editions-rougesafran.fr
"Loi n° 49-956 du 16 juillet 1949 sur les publications destinées à la jeunesse"
ISBN : 978-2-913647-97-8 – ISSN : 1624-2122
Dépôt légal à parution

SPRINT À MORT

Roman

ZOLMA

rouge SAFRAN

1 – L'accident

Nora s'en souviendra toute sa vie.

C'était un dimanche de janvier, peu après les fêtes de Noël, son club d'athlé se déplaçait pour le dernier cross qualificatif avant les championnats de France. Cette fois, tous les meilleurs concurrents de la région étaient présents : Clotilde, Elodie, les rivales habituelles et sans doute des « nouvelles » qui s'immisceraient dans la lutte. Nora était prête. Elle avait beaucoup travaillé, sous la houlette de Michel, son entraîneur.

La neige s'était invitée à la fête. Elle avait cessé de tomber mais couvrait le parcours d'une mince pellicule fondante et glissante. Michel a recommandé à tous d'être prudents : un dérapage incontrôlé, et hop, on pouvait se retrouver le nez dans la gadoue ! Et finis les espoirs de victoire !

Nora était désormais plus expérimentée mais également surveillée. Elle ne pourrait se cacher jusqu'à la dernière ligne droite. Clotilde, sa « victime » de la course précédente ne l'a pas saluée. La mauvaise perdante a détourné la tête et l'a ignorée. Et Nora qui espérait l'entente cordiale !

Le départ a été donné dans un joyeux désordre. Nora s'est retrouvée immédiatement en tête, au sein d'un groupe de cinq concurrentes. Avec ses rivales habituelles et deux inconnues. Elle a cédé aussitôt la première place et a suivi, en dernière position du groupe. Le rythme était infernal, les bosses avalées sans s'en apercevoir. À mi-course, Michel bien placé sur le bord lui a fait signe de ralentir. Son chronomètre à la main, il savait que l'allure était trop rapide. Pour toutes. Il allait y avoir de « la casse » !

Nora a obéi, un peu à contrecœur, et s'est laissée détacher très légèrement. Son cœur battait un peu moins vite. Elle continuait de « voler » au-dessus du chemin blanchi, sans s'épuiser. Les premières ont abordé le second tour à pleine vitesse mais une côte particulièrement raide a été fatale pour deux participantes : Elodie, et une des « nouvelles » Nora les a dépassées et a décidé d'allonger la foulée. Elle se sentait bien : ni douleur ni essoufflement excessif. « L'état second ! » Elle a rapidement fondu sur les deux premières, les a dépassées et a encore accéléré. Une des concurrentes est parvenue à la suivre. Nora ne s'est pas retournée par crainte de perdre du temps. Elle entendait le bruissement caractéristique de pas sur la neige. Juste derrière elle. Son adversaire était proche, elle sentait presque son souffle dans son cou. La ligne d'arrivée en vue, Nora a sprinté. La victoire était à ce prix.

Oublier la douleur, ne pas trop respirer par la bouche, tirer sur les jambes, les bras aussi. Eviter de se crisper, c'est Michel qui le dit. Facile, quand on ne fait que regarder !

L'adversaire tenait la cadence, sans jamais tenter de la doubler. C'était Clotilde, à coup sûr. Elle avait inversé les rôles : comme Nora lors de la dernière course, elle attendait les ultimes instants pour jaillir. Il ne restait que deux cent mètres à parcourir, personne ne voulait céder. Les cœurs battaient à se rompre, chacune cherchait à puiser un peu d'oxygène afin d'éviter l'asphyxie. Les bouches étaient grand ouvertes, mais l'air n'avait presque plus le temps de s'y frayer un passage entre deux expirations.

Nora a encore allongé la foulée. À l'instant où elle a franchi la ligne, elle était en apnée. Elle s'est affalée quelques mètres plus loin, pensant être parvenue à conserver une courte tête d'avance. Michel lui a confirmé sa victoire par son sourire éclatant. Il l'a immédiatement recouverte de son survêtement.

La jeune fille a passé une bonne minute au sol avant de reprendre une respiration plus lente. Enfin, elle s'est levée et a identifié sa dauphine, Clotilde, qui n'était guère resplendissante. Derrière, des groupes de filles en terminaient, épuisées.

Nora a reçu une nouvelle coupe. Encore troublée par son effort, elle a serré la main du président de la Ligue d'athlétisme en bredouillant « merci ». Quelques photographes l'ont « mitraillée ». Sûr qu'elle aura une drôle de tête. On aura du mal à imaginer sa joie, tellement sa mimique ressemble à une grimace de douleur. Les échotiers ont demandé aux trois premières de se rapprocher pour la photo du « podium ».

Clotilde s'est crispée. Pas de réconciliation au programme !

Cette victoire permettait à Nora de participer aux championnats de France. Un vrai triomphe, pour la jeune fille qui n'était encore qu'une novice. Un triomphe, plein d'espoir, de fierté et de joie !

Nora était tout à sa liesse lorsqu'elle a entendu la sirène d'une fourgonnette de pompiers. Un concurrent de la compétition des garçons s'était écroulé et devait être secouru.

L'atmosphère de grande fête s'est brutalement transformée en ambiance de tragédie. Des secouristes couraient, se bousculaient, erraient, des policiers écartaient rudement les curieux, de tous côtés on sentait monter un vent de panique…

Les participants tentaient de s'informer, d'apercevoir la victime, d'entendre un premier diagnostic. En vain, les officiels interdisaient l'accès à l'ambulance. Enfin, une nouvelle a filtré. Au grand désespoir de Nora : le garçon aux mains des sauveteurs, c'était Jérémie ! Son ancien ami et camarade de club ! Et surtout, le plus terrible : il était entre la vie et la mort.

ENTRE LA VIE ET LA MORT !

Une situation qu'elle aurait pu… Oui, c'est sûr, une situation qu'elle aurait pu éviter si elle avait agi intelligemment…

Jérémie s'était subitement arrêté alors qu'il menait sa course, celle des minimes garçons, puis s'était écroulé sur un tas de neige. Des spectateurs avaient tenté de le ranimer, sans résultat. Ils avaient rapidement appelé les pompiers présents à proximité. Le garçon avait été brancardé et transporté à l'arrière d'une ambulance. Et maintenant, les pompiers essayaient de le ramener à la vie. Massage cardiaque, bouche à bouche, oxygène. Le grand jeu… Qu'on ne déploie que pour des accidents graves…

Michel a tenté de s'approcher et de voir Jérémie. Il le connaissait bien, c'était son ancien « élève ». Impossible. Les infirmiers s'y sont opposés, malgré les explications de l'entraîneur. Il n'y avait pas de place dans le fourgon, encombré par le matériel et les sauveteurs affairés.

Renforçant encore l'angoisse, la sirène du fourgon s'est mise en route. Un boucan insoutenable, quand on se trouve à quelques mètres. Des personnes en uniforme ont dégagé le passage et le véhicule a quitté la zone afin de foncer à vive allure vers un hôpital proche. Il a disparu au loin. Les roues du fourgon ont dessiné deux sombres traces parallèles sur la neige fraîche.

Seule Nora a compris. Oubliée, sa joie des instants précédents… Si elle l'avait décidé, rien ne serait arrivé… L'adolescente s'est approchée de Michel, prête à lui révéler la vérité. Puis elle a fondu en larmes. Et n'a rien dit. Incapable de parler, paralysée. Une seule idée en tête : Jérémie va mourir, par sa faute. Et maintenant c'est trop tard ! Bien entendu, il méritait une punition. Mais pas la mort.

2 – La naissance d'une passion

Pour Nora, l'aventure a commencé quelques mois plus tôt. Sous une pluie de conseils que sa maman ne cesse de lui prodiguer :

— Et surtout, sois prudente !

Djamila, la mère de Nora est inquiète. C'est la première fois qu'elle laisse sa fille sortir seule aussi tard. Aussi, elle l'inonde de recommandations. Puis elle s'adresse à la jeune femme assise sur le canapé. C'est sa sœur cadette, la tante de Nora :

— Tu n'aurais pas peur à ma place, toi ?

Djamila ne laisse pas le temps de la réponse, hausse le ton et se met à parler berbère. Dès qu'elle s'énerve ou dès qu'elle ne veut pas que sa fille comprenne, elle parle en berbère. Nora tend l'oreille, saisit quelques mots familiers dont le sens demeure malgré tout mystérieux. La langue maternelle de Djamila, c'est le kabyle. Ainsi Nora est exclue de la discussion animée entre Amina, sa jeune tante et sa mère.

Amina n'a pas encore trente ans. Elle est souvent plus compréhensive envers sa nièce. Nora sait qu'elle va la défendre. Effectivement, la jeune femme essaie de ramener le calme. En français.

— Ne t'inquiète pas, Djamila. Nora va avoir quatorze ans, elle est grande maintenant. Et puis, elle sera dans de bonnes mains. En plus, le sport, c'est bon pour la santé. Et ça lui évitera de fréquenter tous ceux qui rôdent par ici. Franchement tu es trop possessive. Laisse-la vivre.

Nora renchérit :

— Écoute maman, c'est Michel l'animateur. Tu le connais, tu peux avoir confiance. Et il y a Fanny qui s'est inscrite aussi. Quand même, tu avais dit « oui », c'est pas pour changer d'avis maintenant, le soir du premier entraînement !

Bien entendu. Djamila a accepté depuis longtemps. Néanmoins, c'est aujourd'hui que Nora va sortir seule et rentrer « tard » pour la première fois. Alors, sa mère s'inquiète. En désespoir de cause, elle évoque les autres jeunes qu'elle ne connaît pas, « attention à qui tu parles », la santé de sa fille, « ne t'essouffle pas trop », l'insécurité dans les rues après huit heures du soir, « ne t'attarde pas dehors » puis elle abdique. Elle tient surtout à exprimer ses réticences et pense que Nora sera plus vigilante si elle sait que sa maman est angoissée. Djamila conclut sur un ton plaintif :

"J'espère que tu n'en profiteras pas pour traîner dans le quartier..."

Cette dernière remarque clôt le chapitre. Djamila soupire et se tait. Pas convaincue, mais vaincue. Pour Nora, c'est suffisant. La jeune fille nage dans le bonheur, et, radieuse, abreuve sa tante de clins d'œil complices. Enfin ! Malgré les dernières réticences de sa mère, elle va commencer l'athlétisme.

Une aubaine, cette proposition de Michel, l'entraîneur du club de la ville. Un Marseillais, installé en banlieue parisienne depuis qu'il a épousé une fille du Val-de-Marne. Il en a fait de la pub pour son club ! Il a même conçu une petite affiche avec un slogan : « Courir, c'est le pied ! » et une illustration qui montre deux chaussures hilares qui bondissent au-dessus d'une piste. Il a pensé sans ajouter : « Avec le sport vous oublierez les vicissitudes de la cité, l'ennui et la grisaille. »

Nora se souvient du jour où Michel est passé voir sa mère. C'était à la fin du mois d'avril. Djamila lui avait offert le thé puis avait écouté les arguments de l'éducateur.

— Voilà, Madame Rezzag. Votre fille a de réelles possibilités pour les courses d'endurance et le demi-fond.

La mère lui avait lancé un regard bizarre et avait interrogé :

— Le demi-fond ?

— Le demi-fond, oui. Les distances intermédiaires entre le sprint et les courses longues. Qu'on appelle aussi courses de fond.

Djamila n'était guère au fait des choses de l'athlétisme. Elle désirait en savoir plus mais Michel avait enchaîné sans la laisser s'exprimer :

— Avec un petit peu d'entraînement, elle sera

parmi les meilleures. Si ça lui plaît, à son âge, elle progressera très vite. Et d'ici quelques mois, je suis sûr qu'elle sera devant tout le monde dans les courses régionales. J'ai l'habitude, vous savez. Vingt ans à observer des jeunes ! Nora ferait partie du « top ten » de mes recrues dans ce club. Quand vous aurez accepté de l'inscrire, naturellement.

Nora était suspendue aux lèvres de sa mère. « Dis oui, maman, dis oui, s'il te plaît ».

Michel plaidait sans faiblir :

— En plus, elle a le caractère pour…

Nora sourit. Du caractère… On le lui reproche souvent, son mauvais caractère. Et sa combativité dès qu'il s'agit de sport. Qui va parfois un peu loin ! Michel a ajouté, en guise de dernier argument :

— Elle ne sera pas la seule du quartier. Il y a déjà deux jeunes du club qu'elle connaît. Avec Fanny, elles sont amies, je crois. Et Jérémie était dans sa classe au primaire.

L'entraîneur était lancé, on ne pouvait plus l'arrêter. Il parlait d'athlétisme, des jeunes, du club, des mérites des uns et des autres, du test qu'il avait effectué au collège, en collaboration avec le prof de gym. Chaque année, il s'y rendait et chronométrait les élèves des classes de quatrième. Histoire de faire un peu de battage pour son sport. Et accessoirement de détecter un futur champion !

— Vous vous rendez compte ! Nora ! Moins de

trois minutes au kilo, sans entraînement. Jamais vu à cet âge depuis que j'entraîne… Ah, vous pouvez essayer… »

Djamila ne se rendait pas compte et n'avait guère l'intention d'essayer. Le « kilo », pour elle, c'était le kilo d'oranges, pas le kilomètre ou les deux tours et demi de piste.

— Et puis, elle a la bonne morphologie !!

Nora est plutôt grande. Et surtout mince et légère comme la plupart des bons coureurs de demi-fond. De longs cheveux noirs, de grands yeux sombres et une peau mate, elle semble débarquer d'une verte oasis saharienne. Il est indéniable qu'elle ressemble aux athlètes africaines qui se partagent les médailles lors des grandes compétitions internationales.

Djamila s'était détendue devant l'enthousiasme juvénile de cet homme à l'allure sportive mais dont les cheveux blancs trahissaient la cinquantaine. Ses yeux verts pétillaient de ferveur et de joie dès qu'il évoquait le moindre sujet concernant l'athlétisme. Alors, la mère protectrice s'était résignée. Un peu à contrecœur, et vaguement affolée de laisser sa fille rentrer seule après les entraînements. En plein hiver au-delà de vingt heures.

Et c'est ainsi que Nora a intégré le club d'athlétisme. On dit « athlé ». Deux soirs par semaine, elle emplit un sac de son survêt, de ses chaussures de sport et d'un short puis se dépêche de rejoindre le stade.

3 – Bientôt les vacances

Dernier entraînement de la saison. Michel a prévu un pot « d'au revoir », ensuite les jeunes se sépareront et partiront en vacances.

Vacances ou pas, pour cette ultime séance, le coach n'a pas lésiné sur le travail. Une demi-heure de fractionnés, l'exercice le plus éprouvant : les athlètes enchaînent des séries de vingt à trente secondes presque à fond entrecoupées d'un trop bref temps de repos. Au début, c'est facile et puis, à partir du quatrième ou cinquième sprint, les muscles durcissent et le cœur s'emballe. Mais Michel insiste : « c'est le moyen le plus efficace pour progresser. »

Autant Nora apprécie les longues courses sur les sentiers du parc tout proche, autant ce travail ressemble pour elle à une séance de torture. Elle s'y plie, c'est indispensable…

Le coach a interrompu la fin des exercices plus tôt qu'à l'accoutumée. Étirements puis collation. Les ados reprennent leur souffle, couchés sur la pelouse du stade de foot qui se trouve au centre de la piste. Jules est pieds nus. Une ampoule vient d'éclater sous son gros orteil. Il peste contre ses nouvelles chaussures et pose une question anodine :

— Dis-donc, Michel, c'est quoi la meilleure marque de chaussures pour courir sur la piste ? Pour éviter les ampoules, surtout.

Les jeunes écoutent et se doutent que Michel va enjoliver sa réponse d'une petite histoire sur l'athlétisme. Il adore évoquer ses souvenirs ou narrer quelque aventure vécue par les grands champions du passé.

En effet, l'entraîneur sourit. Et démarre ! Dans un premier temps, il raille un peu ces jeunes toujours préoccupés par des problèmes de matériel. De marques, surtout… Michel répond, évasif :

— Alors, là, mon petit, je n'en ai pas la moindre idée...

Il s'interrompt avant d'ajouter mystérieusement :

— Mais j'ai connu un coureur qui aurait eu un avis intéressant. Abebe Bikila, il s'appelait. Un Éthiopien. L'Éthiopie, vous savez où ça se trouve ?

Fanny, la meilleure amie de Nora, intervient tout excitée :

— Moi je sais. C'est en Afrique. Vers la corne de l'Afrique, exactement.

Fanny est noire de peau. Elle a été adoptée et n'ignore pas qu'elle est née dans ce pays.

— Exact. Bravo Fanny. La capitale ?

— Addis Abeba, répond la jeune fille.

— Encore bravo. Je vais vous raconter l'histoire du fameux Bikila. Enfin, un petit bout ! À son époque, dans les années soixante, les Africains ne participaient guère aux épreuves internationales. Leurs pays étaient trop pauvres et ils avaient d'autres chats à fouetter. Bikila a été remarqué par un Suédois qui travaillait pour la Croix Rouge, à Addis Abeba, justement. Le gars lui a expliqué les rudiments de l'athlé. Bikila s'est entraîné et on l'a sélectionné pour le marathon des Jeux Olympiques de Rome. Chez lui, il courait pieds nus, mais arrivé aux Jeux, grande surprise ! Lorsqu'il a rejoint les pistes d'entraînement, il a découvert qu'il était le seul sans chaussures. Il n'avait jamais quitté sa brousse, évidemment… Un peu intimidé, il s'est dit qu'il valait mieux faire comme tout le monde et courir avec des « baskets ». Il a pensé que comme ça, il serait à égalité avec les Occidentaux. Alors, il en a acheté une paire.

— Quelle marque ? demande Jules.

— Ça ! L'histoire ne le dit pas et le fabriquant a préféré ne pas en parler. Vous allez comprendre pourquoi ! Le pauvre Bikila, il a essayé ses chaussures et il a eu des ampoules… De quoi l'obliger à renoncer au marathon. Mais c'était un obstiné. En plus, pour son pays qui avait placé tant d'espoir en lui, il était hors de question d'abandonner. Il a réfléchi et pris la meilleure décision possible… Vous avez une idée ?

Les ados se concertent et proposent diverses solutions. Ils sont nombreux à imaginer que Bikila a couru chez le docteur soigner ses ampoules puis a protégé ses pieds avec des pansements un peu partout. Jules pense qu'il a racheté des chaussures d'une autre marque.

Michel les observe en souriant, écoute quelques suggestions et déclare :

— Tout le monde a faux. Il a jeté les pompes dans la première poubelle venue et il a couru son marathon comme il en avait l'habitude. Pieds nus !

— Pieds nus ! Aux Jeux Olympiques ! Et il a pu terminer ?

— Oui, bien entendu.

L'entraîneur promène son regard de l'un à l'autre. Il attend la question qui jaillit toujours à ce moment-là :

— Il s'est bien classé ?

— Pas mal, pas mal. Je te souhaite de faire aussi bien un jour. Il a gagné.

Des soupirs admiratifs suivent la réponse. Michel poursuit et conclut dans un sourire :

— Il y a eu de nombreux athlètes africains qui couraient pieds nus. Et plus surprenant, une sud-africaine, blanche. Elle avait les moyens d'acheter des chaussures et pourtant, en course, on l'a toujours vue pieds nus. Zola Budd, elle s'appelait.

Les jeunes s'interrogent en silence. Michel souhaiterait-il supprimer les chaussures pour les aguerrir ? Les fractionnés, c'est déjà l'enfer, alors pieds nus !

La suite soulage tout le monde :

— Ne vous inquiétez pas, je ne vais pas vous demander de les imiter. Mais tu vois, Jules, je crois que pour les chaussures, le plus important, c'est pas la marque, c'est la pointure.

L'entraîneur accompagne sa boutade d'un petit rire. Ce soir, comme souvent, il ne terminera pas l'histoire d'Abebe Bikila. L'athlète fut à nouveau vainqueur du marathon olympique de Tokyo en 1964. Un mois après une opération de l'appendicite. Avec des chaussures, cette fois. La fin est plus triste. Victime d'un accident de la route, Bikila est resté paralysé jusqu'à sa mort en 1973, à quarante et un ans. Une conclusion bien sombre. Inutile de plomber l'atmosphère de cette soirée au cours de laquelle chacun se réjouit du début des vacances scolaires.

Les discussions vont bon train autour du buffet improvisé. Les gâteaux disparaissent à peine sortis : on a faim, après deux heures d'entraînement. Quant aux bouteilles, elles n'ont pas duré bien longtemps. Tout le monde était assoiffé, surtout que c'est presque l'été et il commence à faire très chaud sur la piste. En particulier quand on court aussi longtemps !

Jérémie attire l'attention : il vient de signaler à tous ses camarades qu'il va partir en stage « course à pieds », dans le sud. Trois semaines. Jérémie est le meilleur camarade de Nora. C'est un grand garçon blond, les yeux bleus clair, originaire du nord de la France. Il est plutôt maigre et blanc de peau, comme de nombreux nordistes. Toujours souriant et prêt à plaisanter. D'ordinaire, Jérémie n'est pas le meilleur du club. En général, il se classe au milieu des pelotons. Mais avec le travail de l'été, il compte bien se rapprocher des places d'honneur et pourquoi pas…

— Et toi, Nora, qu'est ce que tu fais ?

— Oh, moi, je reste là.

La maman de Nora élève sa fille avec amour mais jongle avec ses difficultés financières. Pas question de vacances onéreuses. L'adolescente fréquentera le centre aéré de la commune et en profitera pour réviser ses cours. Et pour courir, également. Elle a décidé de ranger ses chaussures de sport une quinzaine de jours, puis elle recommencera l'entraînement toute seule. De la course lente, uniquement. Pas question de fractionnés, c'est les vacances, quoi !

4 – JÉRÉMIE QUITTE LE CLUB

Septembre. Les grandes vacances sont terminées. Michel a contacté ses protégés et les a conviés à un décrassage dès la première semaine du mois. Il entend remettre son petit monde en forme pour les cross de l'automne et de l'hiver. Nora est motivée, l'an dernier, elle a découvert ces courses, elle a bien figuré mais elle n'était pas encore suffisamment entraînée. Alors que cette année, elle espère bien courir pour la « gagne ».

Tout le monde est présent lors de cette séance de reprise. Fanny sourit, comme toujours. Jérémie se tient un peu à l'écart. Lui ne semble pas particulièrement heureux de retrouver ses camarades. On pensait le voir arriver en pleine bourre après son été sportif et le voilà qui revient bien tristounet. Se serait-il blessé durant son stage commando ?

Nora aime bien Jérémie. Il a longtemps habité près de chez elle et ils se sont suivis durant toute l'école primaire. Puis, lors du divorce de ses parents, le garçon a déménagé dans un autre quartier. Ils se revoient avec plaisir et prennent souvent le temps de discuter, durant les pauses. Elle envie un peu sa liberté. Sa mère travaille de nuit et le laisse souvent seul. Sans l'athlé, il passerait ses après-midis en bas de son immeuble et fréquenterait certainement tous ceux qui s'ennuient à mourir dans la cité. Et qui trouvent parfois des occupations peu recommandables. Heureusement pour lui, il a croisé Michel et préfère la piste en tartan au macadam des parkings du quartier.

Michel a rassemblé tous les jeunes autour de lui et a annoncé solennellement :

— Cette saison, pas de lézard, on va mettre les bouchées doubles. Donc, on commence les fractionnés tout de suite !

— Oooh, non !!

Les jeunes ont clamé leur désapprobation. Ils s'attendaient tous à une reprise en douceur. Fanny tente même de répliquer :

— Attends, Michel. J'ai pris au moins trois kilos, cet été.

— Tant pis pour toi ! Allez, en piste.

Tout le monde s'apprête à souffrir lorsque Michel se met à rire :

— Je blague ! Je vais pas vous assassiner dès aujourd'hui ! Je vois bien que vous vous êtes tous arrondis ! Mais la semaine prochaine, on s'y met. Fini la rigolade.

Les ados ont enchaîné les tours de piste sur un rythme plutôt cool puis ont effectué des étirements au centre de la pelouse du terrain de foot. C'est la fin de l'après-midi, le soleil tape encore fort, une petite pause s'impose. Surtout que les muscles se raidissent vite, rouillés par deux mois de farniente.

Nora préfère continuer à trottiner. Elle, par contre, s'est bien entretenue durant l'été et entre très vite dans ce qu'elle baptise son état « second ». Une sensation de bien être, malgré l'effort. Le cerveau s'évade vers des paradis inconnus, le corps ne sent plus la douleur. C'est pour ça que Nora court. Pour rêver éveillée, en pleine journée, sur une piste ou sur des chemins forestiers.

L'entraîneur signale la fin de la pause d'un coup de sifflet et propose au groupe de quitter le stade afin de gagner le sous-bois tout proche.

Jérémie suit Nora. D'habitude, il est plutôt à la traîne. Là, il tient le rythme. Sans doute son stage qui porte ses fruits.

La nuit tombe et le coach suggère de conclure la séance par trois kilomètres sans forcer. Il n'oublie pas de prévenir :

— Tranquille, hein Nora !

L'allure est lente, on se jauge du coin de l'œil. La hiérarchie apparaît, peu à peu. Nora s'installe en tête et semble se promener. Les autres sont près, ils s'accrochent afin de ne pas perdre la face dès le premier entraînement. L'an dernier, ils avaient vu Nora progresser à une vitesse stupéfiante. Peu à peu, elle avait dépassé toutes les filles et se situait au niveau des meilleurs garçons. Et aujourd'hui, elle imprime un tempo de plus en plus rapide. Jérémie s'échine à garder le contact. Il y parvient, il s'est réellement amélioré durant l'été.

Les ados reviennent vers le stade et passent devant les tribunes. Les positions n'ont pas changé. Jérémie a accéléré et seule Nora parvient à garder le contact. Le garçon tient à montrer à tous qu'il est devenu le plus fort. C'est incroyable ! Mais indéniable ! Juste derrière, l'adolescente se bat pour limiter l'écart. Une question de fierté.

Les jeunes effectuent encore trois tours de piste, Michel demande aux coureurs les plus en forme d'accélérer, histoire de « se détartrer les articulations », puis tout le monde se regroupe.

— Dernier exercice : je vous chronomètre sur un mille mètres. Ce sera le temps de base, on mesurera vos progrès une fois par mois.

Cette fois, on se lâche. Tellement que Marvin, un des anciens du club trébuche et s'étale dès le premier virage. Il se relève mais le retard pris est trop important. Il termine la course en petites foulées. Michel le chambre et lui propose de lui offrir des béquilles. Marvin se plaint de ses camarades qui l'ont bousculé.

— Vous me craignez tellement que c'est le seul moyen que vous avez trouvé pour me battre ! dit-il sur le ton de la blague.

— Mauvaise excuse, rétorque Michel. Écoute, moi.

C'était en 1972, aux Jeux Olympiques de Munich. Il y avait un Finlandais qui s'appelait Lasse Viren. La Finlande est un pays qui a fourni de nombreux athlètes de qualité dans les courses de fond. Mais ce jour-là, Viren n'était pas favori. Et pourtant…

— C'est où la Finlande ? questionne un garçon.

— Au nord de l'Europe, lui répond Fanny.

— Absolument, confirme l'entraîneur. Un pays d'amoureux de l'athlétisme. Dans les villes, on lance le javelot au milieu des jardins publics.

— Non ! Arrête, c'est trop dangereux !

— C'est vrai, je l'ai vu. Il suffit de prendre quelques précautions. Ici, évidemment, on n'est pas près d'y arriver. Dès qu'on plante un panneau pelouse interdite, il y a deux cents personnes dessus. On dirait qu'elles s'y trouvent mieux que sur les parties autorisées… Alors si tu écris « Danger javelot » ! Il y aura des hurluberlus pour traverser l'aire en courant déguisés en cible. Et qui te feront un procès s'ils se font embrocher. Enfin... Je continue l'histoire de Lasse Viren. Lors de l'épreuve du 10 000 mètres, à peu près à la mi-course, il a trébuché et il est tombé. Il est reparti dernier, bien sûr, avec pas mal de retard. Tout le monde s'est dit « c'est terminé pour lui ! » Pas du tout ! Il est revenu sur le peloton et a gagné, Monsieur Marvin. Et il a même battu le record du monde. Une semaine après il a remis ça dans le cinq mille, sans tomber cette fois. Et quatre ans après à Montréal, pareil, deux médailles d'or ! Là j'y étais ! Je dois vous avouer que je l'ai vu de dos ! Un sacré coureur ! Alors, tu vois, mon gars, dans les courses longues, tu ne sais jamais ce qui peut arriver. Il faut se battre jusqu'au bout et non pas renoncer dès que ton adversaire t'as pris dix mètres. Un conseil, n'abandonne jamais, même en cas de chute, de point de côté, de défaillance… Une course n'est jamais finie. Allez. Vestiaire, douche, c'est terminé pour aujourd'hui.

Les jeunes s'apprêtent à se séparer dans l'allégresse lorsque Jérémie s'approche et prend la parole. Timidement. On sent qu'il a une annonce à faire. Une annonce qui lui coûte.

— Voilà. Je voulais vous dire… Je vais quitter le club.

La surprise est totale. Jérémie ! Si régulier, si sérieux !

Nora, encaisse la nouvelle puis l'interroge :

— T'arrêtes l'athlé ?

Jérémie hésite et reprend à voix basse, presque sur un ton de confidence :

— Non. Je change de club. Je vais rejoindre des copains que j'ai rencontrés pendant mon stage cet été. Je crois que si je veux progresser, c'est pas mal de voir autre chose.

Un silence accompagne sa réponse. Un silence un peu pesant. C'est Michel qui reprend la parole. Pourtant, il pourrait être un peu vexé. Il aurait pu interpréter les propos du jeune comme une critique de son travail. Malgré tout, il sourit et le rassure :

— T'inquiète. Tu choisis, t'es libre. T'as peut-être raison, c'est toujours intéressant de changer de méthodes d'entraînement.

Le coach marque une pause avant d'ajouter :

— De toute façon, la porte est ouverte. Tu sais que si tu veux revenir, il n'y aura aucun problème.

Nora s'éloigne vers le vestiaire des filles. Un peu triste. Elle l'aimait bien, Jérémie. Elle est un peu étonnée, aussi. Elle trouve sa décision bizarre. L'ambiance est bonne au club. Et c'est tout près de chez lui. Alors pourquoi partir ailleurs !

5 – Le premier cross

Tout le monde est prêt pour le premier cross de l'automne. Le club a loué deux minibus pour emmener l'équipe au grand complet. Michel conduit un des véhicules. L'épreuve est organisée sur la plaine de Choisy-le-roi, un immense espace vert mélange de bosquets, d'étangs et de terrains de sport, en pleine banlieue sud de Paris. La météo n'a pas été tendre, il a plu presque une semaine entière, les chemins sont boueux. Une difficulté supplémentaire pour les participants. Et le froid est tombé sur la région parisienne depuis le début du mois de novembre. Il va falloir courir longtemps pour se réchauffer avant la course. Les jeunes agitent désespérément les mains afin de dégeler le bout de leurs doigts.

Nora court dans la catégorie minime. Des jeunes filles de treize et quatorze ans. Les concurrentes devront effectuer deux tours d'un circuit assez accidenté, avec deux raidillons qui risquent de « casser les pattes ». La distance de deux kilomètres exige de maintenir un rythme assez élevé. Ça promet points de côté et cœurs qui s'emballent, larmes de détresse… Ou de joie.

Le parcours est délimité par des bandes de chantier en plastique souple. Il est assez large, les dépassements ne poseront pas de problème. Ça et là, de grands panneaux fournissent aux coureurs des indications sur la distance restant à parcourir. Des informations précieuses si on veut bien « gérer » sa course. La dernière ligne droite s'insinue entre des rangées de barrières métalliques afin d'éviter la traversée intempestive d'un supporter égaré.

Michel est confiant pour Nora. Sa protégée ! La meilleure chance du club. Il lui a conseillé de ne pas partir trop vite et de rejoindre le peloton de tête en accélérant régulièrement. Ensuite, elle devra attendre en se calant « dans les roues » des premières. Sa pointe de vitesse lui permettra de dépasser tout le monde dans les derniers mètres. L'entraîneur est d'autant plus serein que le terrain gras doit favoriser Nora : elle est fine et légère et ne s'embourbera pas comme les filles un peu plus lourdes. Il a repéré les principales rivales : Elodie Pereira, la numéro 179 du club de Créteil et la 24, Clotilde Bergeret, une parisienne. Les deux filles ont trusté les victoires les années précédentes. Première et deuxième ou l'inverse. Les autres athlètes se sont déchirées pour des places d'honneur. Nora a peu à peu comblé le retard au cours de la saison sans toutefois parvenir à les inquiéter. Mais cette année, Michel est sûr de lui. Il connaît les références chronométriques de chacune et sait que, sauf accident, Nora sera à leur niveau. Conclusion, une seule consigne : ne pas se laisser semer par les dossards 24 et 179.

Les suivre d'assez près, discrètement et les doubler dans la dernière ligne droite. « Tu verras, si tu te planques bien, elles seront tellement étonnées de voir arriver un bolide qu'elles vont paniquer. Ça va les achever ! »

La jeune fille repère ses rivales durant l'échauffement et les suit à distance. Elodie est toute petite, les cheveux courts et bruns. Avec son visage rond et poupin et son maillot bariolé, elle semble à peine sortie de l'enfance. Clotilde, blonde et bouclée, est plus athlétique. Les deux championnes courent à côté, elles ont sympathisé sur les podiums et se testent gentiment avant la course. Elles vont certainement être surprises d'accueillir une nouvelle au sein de leur duo infernal ! Et encore plus surprises de lui céder la victoire !

Nora trottine longuement. Elle s'intègre à un groupe de garçons dont la course est programmée juste après celle des filles. Elle tente d'apercevoir Jérémie, en vain. Il faut dire que les abords du parcours sont noirs de monde. Entre les coureurs et les accompagnateurs, il y a sans doute plus de deux mille personnes. « Autant chercher un parapluie au mois d'Août en plein Marseille » comme dirait Michel qui ne rate jamais une occasion de mettre en valeur l'ensoleillement de sa région d'origine.

C'est l'heure, le starter a appelé les filles au départ. Elles sont deux cents, le départ va être animé. « Ne sprinte pas » a conseillé Michel. « Tu les rattraperas par la suite ». Nora écoute les recommandations. Elle sait qu'elle a encore beaucoup à apprendre et suit scrupuleusement la tactique mise en place par son entraîneur.

Le départ est ultra rapide, mais après trois cent mètres, l'allure ralentit. Certaines filles asphyxiées par le rythme craquent déjà et Nora entame sa poursuite. Elle double des grappes d'athlètes incapables de conserver leur vitesse initiale. On atteint rapidement la moitié du premier tour, Nora est déjà revenue dans le peloton de tête. Elle distingue Elodie et Clotilde, une quarantaine de mètres devant. Le franchissement de la côte provoque quelques dégâts. Le chemin est très irrégulier, le passage depuis le matin de nombreux concurrents a accentué les ornières, les foulées comptent triple. Au sommet de la montée, la jeune fille a comblé une partie de son retard sur les favorites. Elle décide de ne pas les rejoindre et de laisser un écart minime. Elle court à leur vitesse, légèrement en retrait. L'intervalle qui la sépare des deux « fuyardes » demeure stable. Le premier tour de circuit s'achève déjà, Nora aperçoit Michel au bord de la piste. Il observe le passage des deux leaders puis tend le pouce vers le haut, discrètement. Quand la jeune fille le dépasse, il lui lance « Bravo, continue, attends la côte pour les rattraper ».

Nora obéit. Elle se retourne et constate que le trou

est fait avec la quatrième. Au moins cinquante mètres de vide, plus personne ne la dépassera. À elle de jouer maintenant : un seul objectif, rattraper les premières et les doubler. Pour gagner. Rien que ça !

Deux mille mètres, c'est une vraie distance de demi-fond. Le cœur est mis à rude épreuve, on n'a jamais le temps de récupérer. Nora sent ses tempes taper de plus en plus fort et sa respiration s'accélérer. Elle a mal à la gorge, aussi, comme toujours en hiver. Et il va encore falloir sprinter ! C'est maintenant qu'elle doit se servir de son « sale caractère ». Elle oublie tout, entre dans son « état second » et force légèrement l'allure. La distance avec les leaders s'amenuise. Au bas de la côte, il lui reste une dizaine de mètres de retard. La pente la favorise, Elodie coince, Clotilde, par contre, est en pleine forme et franchit l'obstacle sans ralentir. Au sommet, Nora est au coude à coude pour la seconde place. Elle hésite, Michel avait dit de se planquer ! Mais il faudra bien se montrer à un moment, si elle veut gagner. Elle allonge la foulée, déboîte et hop, Elodie est avalée. Oubliée. Pas le temps de voir sa tête, ça va trop vite. Et ça brûle de partout ! Le froid n'est plus qu'un souvenir, les poumons sont en feu et les mains bien rouges. « Non, je ne sens rien, je peux encore aller plus vite » se dit-elle en tirant sur ses bras.

Devant, Clotilde se rapproche de la ligne. Elle sait qu'Elodie ne reviendra pas et conserve une bonne allure, sans plus. Elle ne perçoit pas le danger. Nora décide d'attendre le panneau « Arrivée à trois cents mètres » pour « enclencher la manette des gaz ». Elle patiente, légèrement en retrait, puis, d'un coup, adopte l'allure sprint. Une dizaine de foulées pour fondre sur son adversaire et la dépasser. Clotilde est stupéfaite mais parvient à s'accrocher. Un instant, elle repasse même en tête mais Nora est sublimée par la vue de la ligne d'arrivée. Et elle a encore des réserves. Elle calque un instant son allure sur sa concurrente avant de placer une seconde accélération à cinquante mètres de l'arrivée. Elle reprend aussitôt la tête et laisse Clotilde « sur place ». Cette fois l'écart est définitif. Nora passe la ligne seule, s'arrête rapidement avant de s'écrouler dans les bras de Michel qui hurle de joie.

— Bravo, petite. Je te l'avais dit. Elles n'ont rien vu !!

La gagnante ne répond pas et tente de récupérer son souffle et sa voix. Elle entend juste Clotilde maugréer contre cette concurrente fantôme qui l'a coiffée au poteau. Si elle l'avait entendue arriver, sûr qu'elle aurait accéléré. Michel rigole et murmure à l'attention de Nora.

— T'inquiète, c'est toujours désagréable de perdre alors, des fois, on dit n'importe quoi ! Va lui serrer la main !

Les deux jeunes filles se rapprochent et Nora tend

la main. Clotilde, encore marquée par l'effort et la colère se retourne de l'autre côté. Vexée et mauvaise perdante. Elodie qui vient de terminer, s'approche et félicite la gagnante qui dissimule des larmes de joie.

Nora récupère peu à peu puis se tourne vers la troupe des concurrents au départ. Les garçons de la catégorie supérieure. Elle repère ses camarades de club et enfin Jeremy prêt à démarrer dans un superbe maillot jaune. Il est concentré et ne regarde pas vers le public. Ses yeux fixent un point au loin, sur le parcours. Le starter prévient de l'imminence du départ, les garçons se courbent vers l'avant. Le coup de pistolet retentit, la troupe se met en mouvement, s'éloigne à bonne allure puis se disperse.

Les organisateurs profitent du départ des coureurs pour récompenser les lauréats de l'épreuve qui vient de s'achever. Nora reçoit une coupe et une médaille gravée de l'année et du nom de la compétition : « Cross international du Val-de-Marne ». De quoi être fière !

Pendant ce temps, les garçons courent. Trois tours complets pour cette catégorie. Lorsque Nora descend du podium, Jérémie a déjà effectué une boucle. En tête. Les collègues du club sont loin. Marvin souffre, rouge, hors d'haleine.

Michel est pensif. Il scrute la ligne droite et voit poindre un maillot jaune. Au second passage, Jérémie a pris une avance considérable. Sauf énorme défaillance, il va gagner. Largement. Ses progrès sont stupéfiants.

Michel ne parle pas. Malgré ses dires, il est un peu vexé du départ de son ancien athlète. Et très surpris de le voir lutter pour la victoire. Lutter ! Même pas ! Il survole la course. Diable, les méthodes d'entraînement de ses collègues sont bougrement efficaces !

Jérémie l'emporte facilement. Son temps est excellent, presque le record du parcours. Record qui est détenu depuis dix ans par un athlète renommé, qui, une fois adulte a participé aux Jeux Olympiques. Un vrai champion. Autrement dit, Jérémie vient d'entrer dans la cour des grands.

Nora a juste le temps de le féliciter. Il lui sourit puis rejoint les membres de son club. Un tout petit groupe de six personnes. Ils s'éloignent et disparaissent dès la fin de la remise des médailles.

L'équipe de Michel se réunit pour la dernière course. Les jeunes se sont douchés et rhabillés et patientent au bord de la ligne d'arrivée. C'est leur entraîneur qui court maintenant. Dans la catégorie vétérans.

Les encouragements vont le porter mais Michel qui est resté avec les premiers jusqu'au dernier tour a cédé sur la fin. Les jeunes ont bien senti qu'il peinait quand il est passé devant eux. Ils ont hurlé, leurs hourras se sont perdus dans le tumulte, le coach a poursuivi son effort, il a disparu derrière des rideaux d'arbre pour réapparaître quelques minutes plus tard à l'arrivée. Distancé par les premiers. Il a terminé à la vingtième place. Un peu déçu, mais toujours souriant.

Il est temps de regagner les minibus.

Sur le chemin du retour, Marvin demande :

— Tiens, Michel, raconte-nous une histoire. Une histoire de sprint, les courses longues, aujourd'hui, j'en ai par-dessus la tête !

Michel rétorque :

— Ah non, j'en connais pas. Les sprinters, ils courent pas assez longtemps pour avoir des histoires !

L'air taquin de l'entraîneur est un aveu : il remet déjà ses souvenirs en ordre et s'apprête à commencer. Il veut se faire un peu désirer. Le garçon insiste :

— Allez. Je suis sûr que t'en as plein en réserve.

L'entraîneur fait mine de réfléchir, jauge son auditoire puis consent à leur conter une aventure de sprinter.

— Une histoire de sprinter et de mauvais joueur. Tu verras Nora, il y a des mauvais perdants beaucoup plus dangereux que « ta Clotilde » !

— Ben alors, il doit pas être sympa, ton mauvais perdant !

— C'est le moins qu'on puisse dire.

Pensif, Michel s'interrompt avant de continuer :

— Dites-moi, Jesse Owens, vous connaissez ?

Les adolescents se regardent et restent muets.

Jamais entendu parler. Ils supposent que c'est un coureur de 100 mètres mais préfèrent ne rien dire. Si c'est un président des États-Unis du siècle dernier, ils vont paraître ridicules.

— Personne n'en a entendu parler ! Je m'en doutais ! Et Adolf Hitler ?

Cette fois, les ados s'insurgent à l'unisson :

— Bien sûr. On fait de l'histoire à l'école quand même !

Le nom d'Hitler est hélas plus célèbre que celui d'Owens. Michel n'est pas surpris, Jesse Owens a couru aux Jeux Olympiques de Berlin. Il y a presque 80 ans ! Les jeunes générations l'ont oublié.

— Jesse Owens était un sprinter américain. Noir. Il a disputé les Jeux Olympiques de Berlin, en 1936. À cette époque, Hitler, que vous connaissez si bien, était au pouvoir. Comment s'appelaient ses partisans ?

— Les nazis. C'était des sauvages.

— Absolument. Des brutes qui considéraient que la race aryenne, les blonds aux yeux bleus pour résumer, était supérieure aux autres. On commençait à les craindre un peu partout, en particulier en Europe et Hitler comptait se servir des Jeux pour sa propagande. Les athlètes allemands étaient parfaitement préparés et se sont en général très bien classés. Des résultats bien utiles pour qui voulait montrer la supériorité des « Germains ». Mais tout n'a pas fonctionné comme Hitler l'aurait voulu…

Michel s'interrompt avant de reprendre :

— Pour les nazis, la race noire était inférieure. Mais malheureusement pour eux, la piste en a décidé autrement : Jesse Owens, sprinter noir américain, était beaucoup plus rapide. Il a gagné toutes les épreuves de sprint, le relais et la longueur. Quatre médailles d'or ! Hitler, vexé, a évité de lui serrer la main. Il a trouvé un prétexte pour fuir le stade pendant la cérémonie de remise des médailles. Par contre, le second d'Owens au saut en longueur qui était allemand a félicité son vainqueur, comme il se doit. Encore un exemple d'individu plus intelligent que son gouvernement ! Hélas pour le monde, par la suite, Hitler ne s'est pas contenté d'être mauvais joueur. Il s'est surtout distingué par les horreurs qu'il a commanditées.

Le minibus rejoint le stade de leur ville et les ados se dispersent. Le soir, Nora se couche très fière de sa médaille. Un peu déçue des modestes félicitations de sa mère. Djamila semble plutôt s'inquiéter des victoires de sa fille. Victoires qui pourraient la conduire à partir de plus en plus loin pour les compétitions. Nora ne trouve pas facilement le sommeil. Elle revit sa course, le dépassement de Clotilde puis repense à la victoire de Jérémie.

6 : Une fuite énigmatique

Un vrai bonheur ! Première course de l'année, première victoire ! De quoi rêver d'un avenir radieux, de lauriers, de médailles, de podiums. Elle garde tout de même les pieds sur terre. Le chemin est long et parsemé d'embûches. « Il faut rester calme et déterminée. Sans travail, le talent n'est rien. »

Nora nage dans le bonheur, certes. Mais, depuis dimanche, elle ressent comme une petite gêne. Un truc qui la préoccupe. Jérémie… Sa course a forcé l'admiration, c'est vrai. Toutefois… Comment est-il parvenu à progresser de la sorte ? En si peu de temps.

La jeune sportive est curieuse. Le seul moyen de comprendre est de se rendre sur le lieu d'entraînement de son ancien camarade. Elle décide de sécher une séance et d'aller observer sur place. Après tout, si de nouvelles méthodes sont plus efficaces, pourquoi ne pas les essayer… Elle adore Michel, bien entendu, mais peut-être est-il un peu ... démodé.

Ah, elle regrettera certainement l'ambiance du club ! Mais si un changement lui permet de franchir un cap, pourquoi pas. « Il faut être ambitieux, dans la vie ». C'est même Michel qui le dit. Et puis, c'est tellement difficile de s'en sortir, aujourd'hui. Les jeunes de la cité, ils sont bien rares à réussir. L'école ? Un bon moyen, certes. Mais Nora sait que, sans être une mauvaise élève, elle n'est pas non plus apte à suivre de très longues études. Tandis que l'athlé… Elle est réellement douée. Michel le lui a laissé entendre à plusieurs reprises. À mots couverts, il ne veut pas qu'elle prenne « la grosse tête ». Elle-même est consciente de ses possibilités. Franchement, gagner le cross de Choisy-le-roi avec à peine un an d'entraînement ! Face à des filles bien plus aguerries. Alors il est grand temps de se secouer. La course à pieds sera un moyen de devenir « quelqu'un ». Donc il faut mettre toutes les chances de son côté. « Aide-toi, le ciel t'aidera ».

Mais à l'inverse, si l'entraînement de Jérémie ressemble à ce qu'elle connaît, pas question de quitter son club. Sa seconde famille ! Partir, pourquoi pas ! Mais si vraiment ça vaut le coup !

Le club de Jérémie s'entraîne tous les mardis soir, comme le sien. Elle voit souvent le garçon se diriger vers l'arrêt de bus qui va le mener au stade de la ville voisine.

Nora passe un coup de fil à Michel pour s'excuser de son absence. Sous prétexte d'une légère angine. Une demi-heure de bus et la voilà au pied de tours pareilles à celles de son quartier. Et devant un petit terrain de foot, entouré d'une piste en tartan un peu fatigué. Les vestiaires ont été aménagés dans des préfabriqués et les projecteurs illuminent les lieux avec parcimonie.

Jérémie est là. Il discute avec trois ou quatre jeunes athlètes et un adulte. Nora se souvient les avoir aperçus l'autre fois, au cross.

La première impression n'est pas folichonne : peu d'ambiance, des installations limitées. Pour un club sensé former l'élite de demain !

Nora ne se montre pas. Elle a un peu honte d'être venue jusque-là. Elle est intimidée à l'idée d'aborder l'entraîneur de Jérémie pour lui dire qu'elle est intéressée par ses méthodes. Elle préfère « espionner ». Ainsi, si elle décide d'abandonner son projet, personne ne sera au courant de sa démarche.

La faiblesse de l'éclairage lui permet de rester cachée entre deux constructions. De temps en temps, elle sort de son recoin afin de mieux observer ce qui se passe sur la piste. Rien de bien exaltant : un entraînement comme tant d'autres. Quant aux rapports entre Jérémie et ses compagnons, ils ne semblent guère cordiaux.

Le froid commence à envahir l'observatrice : ses pieds sont gelés. Elle se trémousse sur place. Elle exécute quelques pas de danse du scalp. Bonjour la discrétion ! Et c'est ainsi qu'au détour d'un énième passage, le regard de Jérémie s'est dirigé vers son repaire. Vite, il faut se cacher ! Nora s'est accroupie d'un coup. Rapidement. Mais peut-être pas assez. Elle est tapie dans l'ombre. Pourtant… Elle jurerait que le jeune homme l'a aperçue. Néanmoins, il n'a pas cherché à entrer en contact. Il a même tourné la tête.

Bizarre…

Sur ce, elle décide de rentrer chez elle. Elle préfère ne pas croiser Jérémie dans le bus et se dépêche afin de le devancer. À l'arrivée dans son quartier, elle rencontre Fanny de retour du stade. La copine l'apostrophe :

— Je te croyais malade.

Nora est obligée de mentir :

— Ça va un peu mieux. Mais je suis crevée. Les antibiotiques… Impossible de venir à l'entraînement. Jeudi, si tout va bien.

Les deux jeunes filles rentrent chez elles. Nora songe qu'elle n'a rien appris et qu'elle devra retourner observer Jérémie. En séchant encore une séance. Cette fois, il lui faudra trouver un autre prétexte. Peut-être que le mieux serait d'aller questionner l'entraîneur de son ami. Mais, elle n'en a pas l'intention. Ni l'envie. Pourquoi ? Une espèce de sixième sens qui lui ordonne de rester à distances de gens qu'elle a à peine aperçu. Étrange, cette sensation. Cette prudence excessive, sans la moindre raison. Sans la moindre raison ? Pas vraiment ! Plutôt curieuse, l'attitude de Jérémie ! S'il était venu la saluer, comme n'importe quel copain ! Mais pourquoi s'est-il détourné ? D'un autre côté, peut-être pensait-il la même chose : elle s'était déplacée loin de chez elle et finalement ne lui avait pas adressé la parole. Son attitude à elle aussi pouvait être considérée comme bizarre.

7 : Des seringues dans la poubelle

Elle est têtue, Nora ! Elle veut savoir. Pas question d'abandonner son opération d'espionnage. Enfin pas tout de suite. Encore une soirée d'observation mais si elle n'apprend rien de particulier, elle ira voir Jérémie et l'interrogera directement.

La jeune fille attend le mardi suivant et prétexte cette fois un contrôle de maths très important. Michel rouspète un peu, Nora invoque la séance du jeudi qu'elle ne manquera pas. Promis, juré.

Le départ est plus compliqué. La mère de Nora est à la maison et la regarde se préparer à sortir pour aller au stade. Nora prend son sac de sports, comme d'habitude. Il va l'encombrer dans le bus mais elle ne tient pas à éveiller les soupçons. En bas de la cage d'escalier, elle bifurque vers sa cave et y dépose le bagage afin d'être plus libre de ses mouvements.

Arrivée au stade, elle gagne son poste d'observation. Les jeunes courent, des adultes discutent accoudés à une rambarde. Ils regardent leurs poulains. Jérémie n'est pas là. Mauvais plan ! Si en plus il ne vient pas, elle aura perdu une seconde soirée ! Pas encore James Bond, Nora ! Elle hésite. Que faire. Rester pour rien ou patienter ? Par moments elle se trouve stupide de ne pas engager la conversation avec le coach. Une simple discussion lui éviterait bien du souci. Soit. Mais elle préfère conserver l'anonymat. Le monde est petit, elle n'a pas envie que Michel apprenne qu'elle envisage de quitter son club !

En fait, son copain est en retard. Après quelques minutes d'attente, elle distingue sa silhouette qui se dirige vers les vestiaires. Il en ressort en tenue de sport, salue tout le monde et commence à s'échauffer.

C'est à cet instant qu'un énorme chien s'est approché. Accaparée par son observation, Nora ne s'était pas rendue compte de sa présence. Pas de chance, elle a une trouille maladive des chiens. Et celui-là, il a de quoi impressionner : un molosse, type Rottweiler. La mâchoire large comme celle d'un crocodile ! Les babines retroussées qui laissent apparaître des crocs acérés… L'air de n'avoir rien avalé depuis deux jours ! Si l'animal se met à aboyer, elle va être repérée. Et s'il lui court après, elle sait qu'elle va hurler. Adieu l'anonymat ! Nora se déplace discrètement vers les bâtiments en préfabriqués et s'y réfugie. Le cabot l'a suivie mais n'a pas daigné ni l'attaquer, ni hurler. Il a préféré se lancer à la poursuite d'un chat. Pauvre matou ! Nora le plaint mentalement mais le remercie de s'être baladé dans le secteur. Sans lui, c'est peut-être elle qui aurait servi de repas !

La jeune fille rôde doucement dans les baraquements un peu minables. Les vitres sont cassés, les douches sales et couvertes de moisissures. Franchement, quitter son club pour échouer ici ! Vraiment, la décision de Jérémie est incompréhensible. Ça dépasse sa logique.

Nora s'apprête à quitter les lieux lorsqu'elle bute machinalement dans une poubelle en plastique. Le récipient se renverse et son contenu se répand sur le carrelage. « Zut ! Que je suis maladroite ! »

Elle entreprend de replacer les détritus dans la corbeille mais s'arrête intriguée. Elle manipule doucement les objets qu'elle vient de ramasser. Elle les tourne, les retourne. Qu'est que c'est que ces trucs là ? De fins cylindres en plastique avec une aiguille au bout. On dirait… On dirait des seringues. Qu'est ce qu'elles peuvent faire dans les poubelles d'un club de sport ?

C'est sûr, ce sont des seringues. Il y en a trois, usagées. Et plusieurs emballages de médicaments déchirés ! Nora les considère avec étonnement, saisit l'un d'eux et le met dans sa poche. Elle s'éloigne des vestiaires de plus en plus intriguée.

La jeune fille n'a presque rien vu de l'entraînement. Mais il est temps de rentrer, inutile de se faire remarquer. Et puis, elle a une intuition. Ces seringues, ces médicaments… C'est peut-être ce qu'elle cherchait. La réponse au « mystère Jérémie » se trouve plutôt dans les poubelles que sur la piste. Hélas !

Nora accélère le pas rejoint le bus puis son appartement. Sa mère l'attend et s'inquiète dès son passage dans l'entrée :

— Tu as perdu ton sac de sport ?

Mince, il est resté dans la cave.

— Nooon !! J'ai discuté en bas, je l'ai posé et je l'ai oublié !

— Dépêche-toi, on risque de te le prendre. J'ai pas envie de te racheter des chaussures de sport ! Quelle idiote, quand même. Tu pourrais faire attention.

Nora singe l'inquiétude et se précipite sur le palier. Deux minutes plus tard, elle remonte triomphante, le sac à la main.

— Ça y est. Heureusement qu'il n'était pas trop en vue.

Nora s'est endormie le paquet de médicaments dans la main. Elle a lu une inscription incomplète : le carton est déchiré. On peut déchiffrer : « Eryth... »

Bien sûr, un athlète a le droit d'être malade, mais il se soignerait chez lui. Il serait étonnant que ces boîtes aient servies à un sportif grippé ! Mais alors, qu'est ce qu'elles font là ? Et les seringues ? La jeune fille n'ignore pas l'usage des drogues par des jeunes de la cité. « Ils se piquent », on dit. Avec quoi, elle n'en sait trop rien, mais on lui a assez répété que c'était du poison. Et si Jérémie était devenu drogué ! Impossible, les drogués ne fréquentent pas les pistes d'athlétisme !

Elle a entendu d'autres choses autour du sport, des choses pas très claires, des « on-dit », des rumeurs dont elle méconnaît l'essentiel. Michel, lui, doit savoir. Oui, lui, il saura à quoi servent ces maudites seringues. Demain, elle va tout lui raconter.

Sauf que… Tout bien réfléchi, si Nora se confie, c'est comme si elle balançait Jérémie. Et ça, elle n'en a pas envie. Il vaut mieux qu'elle en parle d'abord à l'intéressé. Si ça se trouve, elle a bâti un roman alors qu'il n'y a rien !

Quelques jours plus tard, à la faveur d'un mercredi sans travail, Nora se dirige vers la cité de son ancien camarade. Après une courte recherche, elle finit par le reconnaître au pied d'un immeuble. Il est seul, une situation idéale pour l'aborder.

Nora entame la discussion. Elle reconnaît qu'elle a été « scotchée » par la performance de son copain durant le cross. Et donc qu'elle aimerait bien en savoir plus sur les « recettes » de son nouveau club. Le garçon reste évasif.

— Tu sais, on bosse beaucoup. Plein de fractionnés !

— Moi, aussi, j'en fais plein, des fractionnés.

Elle insiste et montre que ce genre de réponse ne la satisfait pas. Le club de Jérémie dispose d'un petit secret, un truc supplémentaire bougrement efficace. Elle a envie de le connaître, c'est normal, après tout. Nora s'entête ! Alors, là, attention. Si elle veut savoir, elle saura ! Effectivement Jérémie finit par céder :

— Écoute, si ça t'intéresse, passe un jour d'entraînement. Tu connais le chemin… Je te présenterai deux personnes qui… Qui m'aident à progresser.

Il a prononcé ses mots avec un air mystérieux. Nora a obtenu ce qu'elle voulait mais demeure préoccupée : Jérémie a changé. Il est plus distant, plus secret, moins souriant. Comme s'il avait des choses à cacher. La jeune fille viendra, c'est promis. Avec un soupçon de crainte : les « nouvelles méthodes » d'entraînement de son copain commencent à l'effrayer.

8 : Les interrogations de Nora

Étrange, cette histoire. L'attitude de Jérémie, les mystères, les médicaments et la seringue récupérés dans son vestiaire, rien de tout cela n'est bien normal. Mais, qui d'autre que Michel pourrait la renseigner ? Personne. Et comment faire pour raconter ce qu'elle a vu sans évoquer Jérémie ? Hélas, l'entraîneur risque d'avoir rapidement la puce à l'oreille.

Elle se décide à aborder le sujet, un soir, après un entraînement animé :

— Michel. J'ai entendu parler d'un produit, une sorte de médicament. « Eritr », je crois, je n'ai pas retenu le nom… Tu connais ?

Michel, qui plaisantait avec Ismaël, un grand junior, se rembrunit et rétorque :

— Qui est-ce qui t'as parlé de ça ?

Nora est sur ses gardes. Ça l'ennuie de mentir, mais ça l'ennuie encore plus d'évoquer Jérémie. Elle a prévu la question. Et prévu un beau mensonge pour échapper aux aveux !

— La radio. Il me semble qu'ils ont donné ce nom, mais j'ai pas tout compris.

Elle accompagne sa phrase d'un grand sourire. Michel l'observe. Elle rougit légèrement en espérant que la relative pénombre qui règne sur la pelouse parviendra à masquer son trouble. Effectivement, l'entraîneur n'y prend pas garde et préfère expliquer aux jeunes de quoi il s'agit, sans poursuivre son interrogatoire.

— Erythr, c'est certainement le début d'érythropoïétine. E.P.O. Un produit naturellement fabriqué par l'organisme mais qui est aussi un produit dopant, si on se l'injecte. Ça permet d'être plus performant.

Le coach s'interrompt avant de prévenir :

— Attention ! Pas de ça ici ! C'est dangereux et je ne veux pas de tricheur au club.

— C'est efficace ? demande Marvin.

— Ça transformera pas un âne en cheval de course. C'est comme si tu voulais changer la Manche en Méditerranée d'un coup de baguette magique ! De toute façon, ne vous avisez pas à toucher à ses cochonneries. Je vous virerai direct !

Michel s'emporte. Le sujet lui tient à cœur. Il continue sur un ton toujours virulent :

— Tu peux en mourir ! Avec l'E.P.O., le sang devient pâteux et tu peux avoir un arrêt cardiaque. Tout ça pour gagner des courses ! Non mais, faut être fada. Et puis maintenant, avec les contrôles, t'as toutes les chances de te faire piquer.

— Ouais, mais nous on n'est pas contrôlés ! reprend Ismaël.

Cette fois, Michel est au bord de piquer une crise.

Il craint que ses propos, au lieu de mettre les jeunes en garde, n'aient éveillé l'intérêt dans des têtes un peu fragiles. Il élève le ton et déclare :

— Donc tu peux en prendre ! Comme ça tu gagneras tout et quand tu passeras ton premier contrôle antidopage, tu seras suspendu et ta carrière s'arrêtera. Tricher maintenant, c'est être interdit de course à vingt ans ! Ou pire crever ! Nora, t'as bien fait de me parler de ça, je crois que vous avez besoin d'un peu d'information ! L'E.P.O., c'est un produit dangereux.

— Ça se boit, ce truc-là ? demande la jeune fille.

— Non ! Ça s'injecte avec une seringue.

Un « oh » de dégoût surgit de l'ensemble des bouches.

Fanny rugit :

— En tout cas, moi, les piqûres... Pas question. Ça fait trop mal !

La troupe s'esclaffe ! Nora poursuit :

— T'en connais qui ont été punis ?

— Ouais. Tiens, je vais vous raconter une histoire. Une sale histoire, celle-là. De tricherie, pas avec de l'EPO, mais ça fait rien ! C'est un autre produit, tout aussi dangereux. Plus adapté au sprint. Dans les années 80, Ben Johnson, un canadien qui avait terminé troisième des Jeux Olympiques de Los Angeles s'est mis à prendre des produits interdits. En quelques années son corps s'est transformé, il a doublé de volume et il a fini par se balader dans toutes les courses de 100 mètres. Champion du monde puis champion olympique. Avec trois longueurs d'avance sur le second qui était la star des stars. Carl Lewis.

— Ah oui, mon père m'en a parlé, coupe Jules.

— Lui, c'était un seigneur. Mais l'autre-là ! Heureusement, il a été contrôlé « positif », comme on dit. Il a rendu ses médailles, il a été suspendu, il a essayé de revenir deux ans après et s'est encore fait prendre. Exclu à vie. Beau résultat ! Son nom est connu du monde entier pour être synonyme de tricheur. Sacrée réputation ! Vous voulez une autre histoire ? À la même époque, Florence Griffith-Joyner, une américaine s'est mise à pulvériser tous les records du monde. Une demi-seconde d'avance sur les autres sur un cent mètres. Inimaginable ! Elle est morte à moins de quarante ans, on ne sait pas réellement de quoi, mais on est nombreux à penser que les produits qu'elle a absorbé pendant sa carrière l'ont achevée. Ah maintenant, c'est sûr, elle ne triche plus !

Nora a écouté religieusement son entraîneur. Elle pense à ce qu'elle a découvert dans les poubelles du stade de Jérémie. Des seringues ! Bien entendu, la jeune athlète n'a pas de preuves, mais elle en est convaincue, son camarade se dope. Nora hésite, elle pourrait attendre d'être seule avec Michel pour se confier. Finalement, elle renonce. Dans un premier temps, il vaut mieux discuter avec son copain et tenter de le convaincre.

9 : Patrick et Laszlo

Ça y est, ce soir, Nora va faire connaissance avec les « magiciens » qui ont transformé Jérémie. Elle a même décidé de les amadouer afin qu'ils la renseignent le mieux possible. Une jeunette comme elle, on ne s'en méfie pas.

L'adolescente arrive au stade juste après le début de l'entraînement. Elle est déjà en tenue de sport, elle a simplement besoin de changer de chaussures et se dirige directement vers Jérémie.

— Salut. Me voilà. J'ai envie de voir ce que ça donne ici. Tu me présentes ?

— Viens.

En fait, Jérémie et trois autres garçons profitent de la piste pour s'entraîner, encadrés par un adulte d'une cinquantaine d'années. Nora l'a déjà croisé lors de compétitions. Survêtement, chaussures de sport, prêt à se ruer sur la piste, cet entraîneur lui rappelle Michel. Il observe les jeunes, commande un exercice avant de s'adresser à Nora :

— Tu veux faire un test ?

Elle est un peu intimidée et répond doucement :

— Oui. J'ai vu que Jérémie était bien meilleur cette année. J'ai l'impression que je peux m'améliorer, ici.

Le coach que tout le monde appelle Nanard fait une moue bizarre et rétorque :

— Tu t'amélioreras si tu bosses !

Et il convie Nora à suivre l'entraînement avec les autres. Elle part s'échauffer quelques tours et rejoint le groupe qui entame une série d'exercices.

L'entraînement ressemble à tout ce que Nora a connu. Alternance endurance et fractionnés, entrecoupés d'étirements. Pas révolutionnaire. Difficile de croire que ce travail est à l'origine des progrès de son copain. La jeune fille suit scrupuleusement les ordres. Elle souffre un peu, c'est la seule « féminine », mais têtue comme à son habitude, elle s'accroche. Ne pas montrer sa douleur, surtout à des garçons qui en profiteraient pour frimer ! Au terme de la séance tout le monde se regroupe et récupère dans la bonne humeur. Comme dans le club de la ville d'à côté.

Nora questionne doucement Jérémie :

— Ben, c'est pareil que chez nous !

— À peu près.

— Tu m'avais parlé de deux personnes ?

— Oui. Ils vont venir. Tu veux absolument les voir ? Peut-être qu'ils voudront pas t'aider.

Le garçon est gêné. Il ne se livre guère et conserve son secret bien au chaud. Difficile pour Nora d'en savoir plus. Sauf si… Sauf si elle fait un peu de cinéma. Un petit mélodrame improvisé :

— Écoute, tu sais, pour moi, c'est important.

Avec l'athlé, je pourrais réussir dans la vie. Mais si les autres ont des trucs en plus, c'est sûr, je vais pas y arriver. Je vais toujours être derrière. Alors que je les vaux…

La jeune fille s'est approchée de Jérémie et lui touche l'épaule. Le regard dans le vague, elle boude et soupire :

— Enfin, si tu veux rien me dire, j't'oblige pas.

Jérémie est resté silencieux. Il s'approche de Nora et lui glisse au creux de l'oreille :

— Attends-moi là.

Enfin ! Nora va en apprendre un peu plus sur les secrets de la réussite.

La petite équipe se salue puis se disperse. Nora et Jérémie sont seuls, à la sortie du stade. Le garçon regarde autour de lui, puis aperçoit une voiture qui vient dans leur direction. Une grosse berline de luxe. Noire.

— Les voilà.

Deux hommes descendent du véhicule. Ils sont bien habillés, costumes trois pièces et chaussures d'excellente facture. Nora remarque tout de suite ces souliers brillants assez peu adaptés au milieu sportif. Dans son quartier, tout le monde porte des baskets.

Les types ont environ quarante ans et ressemblent plus à des représentants de commerce qu'à des sportifs. « On dirait Laurel et Hardy » songe Nora : l'un est grand et maigre, le visage émacié. C'est Patrick.

Laszlo, à l'inverse est rondouillard et joufflu. Ils serrent la main de Jérémie qui les présente à son amie :

— Voici Patrick et Laszlo. C'est grâce à eux que je progresse.

Patrick, le plus grand des deux, entame la conversation en s'adressant à Nora :

— Alors, il paraît que tu casses la baraque cette année !

— Je quoi ?

— Ben, tu gagnes tout, quoi !

Nora avoue modestement avoir gagné une course.

Laszlo ajoute subrepticement :

— Par contre, dans ton club, tu risques de végéter…

Nora ne comprend pas le mot et demande :

— De quoi ?

— De végéter. De stagner, enfin de rester au même niveau. T'as sans doute besoin d'un petit coup de pouce.

Un « petit coup de pouce » ! Le secret ! Enfin ! Elle va savoir ! Nora masque son impatience et sourit. Surtout, ne pas les effrayer. Sinon, toute son enquête n'aura servi à rien.

— Voilà. Comme tu t'en doutes, le boulot, ça suffit pas. Tout les athlètes du monde bossent autant. De la même manière. Pour passer devant, aujourd'hui, t'as plus le choix… Les meilleurs, ils prennent des produits en plus. Et ça tombe bien, nous les produits, on peut t'en vendre.

Depuis la mise en garde de Michel, Nora se doutait un peu ce qu'elle allait apprendre. Mais, elle mime la surprise et rétorque, l'air naïve :

— Des produits à vendre ! C'est pas du poison, au moins ?

Patrick s'esclaffe :

— Du poison ! Pourquoi tu veux que j'empoisonne mes clients ? Drôle de sens du commerce ! Non, rassure-toi, y a pas de risque. Ces produits, ça s'appelle de l'E.P.O. T'en a déjà plein ton sang. Mais avec ce que tu vas rajouter, tu pourras t'entraîner plus, tu vas progresser et en course, y aura plus personne pour te battre. Dans quelques années, l'athlé, tu pourras en faire ton métier. Tu gagneras bien plus que dans la plupart des jobs.

Nora insiste :

— On risque vraiment rien ?

— Non, je te dis. T'en as déjà dans ton corps, de l'E.P.O. Juste un petit supplément pour repousser la fatigue.

— Ça coûte cher ?

Les deux hommes se sont lancés un regard entendu que Nora n'a pas perçu. Laszlo reprend :

— Le prix, c'est pas un problème. Au début, on va te les donner, les produits. Et tu nous paieras plus tard. Si tu es satisfaite des résultats. De toute façon, quand tu seras une championne, t'auras largement les moyens de nous rembourser !

Nora sourit toujours et feint d'être intéressée. Elle prend quand même quelques précautions et refuse de s'engager :

— Faut que je réfléchisse. Qu'est ce qu'il va dire, Michel ?

— Rien ! parce que tu lui diras pas. Pour l'instant, c'est interdit. Alors t'as intérêt à la boucler.

Laszlo a proféré ces dernières paroles sur un ton menaçant. Il se radoucit et affirme :

— Mais tu verras dans deux ou trois ans, ça sera autorisé. Le mieux, pour toi, pour l'instant, c'est que tu fasses comme Jérémie : tu changes de club. Tu viens ici, c'est petit, c'est tout nouveau, Nanard il est pas vraiment entraîneur, il file un coup de main pour la première année et il ne se doute de rien.

— Ça m'ennuie un peu de quitter Michel. Peut-être pas déjà cette saison.

— Comme tu veux. Prends ton temps, et réfléchis, c'est normal. Mais plus tôt tu commenceras, plus ce sera efficace. Ce serait dommage de passer à côté de ça. Enfin, écoute, tu sais où nous trouver.

Tout le monde se serre la main mais avant de se séparer, Patrick insiste :

— Dis-moi. Pas un mot sur ce qu'on vient de te dire ! Sinon, c'est pas compliqué, on balancera partout que tu te charges depuis des mois !

— Que je me charge ?

— Ouais. Que tu te charges. Que tu te dopes, quoi. Et tu pourras dire adieu à ta carrière.

Nora est interloquée. Ces types clameraient haut et fort qu'elle se dope ! Alors qu'elle ne boit que de l'eau ! Même pas de coca ! Les ignobles sal… Ces deux hommes sont des bandits, c'est tout. Et le pauvre Jérémie qui est pris dans leurs griffes ! Comment l'en sortir, maintenant. Surtout s'il n'a pas envie.

Malgré son ressentiment, Nora reste polie. Elle et Jérémie saluent Patrick et Laszlo puis ils s'éloignent vers le bus et s'installent sur une des nombreuses banquettes vides. La jeune fille patiente jusqu'au départ du véhicule avant d'engager la conversation.

— Jérémie, tu les as rencontrés où, ces deux gars ?

— Cet été, pendant mon stage.

— T'as confiance en eux ?

— Ben, oui, pourquoi ?

— Parce que… parce que c'est pas correct ce qu'ils font. Et toi non plus !

Le garçon prend un air boudeur avant de s'insurger :

— Tu m'as eu. En fait, ça t'intéresse pas. T'es venue pour me faire la morale. Et maintenant que tu sais tout, tu vas tout balancer ! T'es une vraie peste. Je te préviens, fais gaffe, ils te connaissent ! Ils n'hésiteront pas à te salir !

Jérémie est devenu agressif. Mais Nora aime bien

le combat. Elle se dresse et fait face. Une vraie tigresse !

— Ah ben toi, comme copain, t'es super ! Ça te gênerait pas qu'ils racontent n'importe quoi sur moi ! Mais rassure-toi, je vais pas te balancer ! J'aurai pas besoin. T'as entendu parler des contrôles ? Tu seras pris un jour ou l'autre ! En tout cas, t'es pas un vrai copain mais t'es un vrai tricheur.

Jérémie hausse les épaules et réplique :

— Les contrôles, les contrôles. Tu parles ! Tout le monde en prend de l'E.P.O. et personne se fait piquer.

Sa camarade hausse les épaules et réplique :

— Non, pas tout le monde. En tout cas pas moi. Et ça m'empêche pas de gagner !

Jérémie garde le silence quelques secondes avant de reprendre la parole :

— Écoute. Ça me permet de mieux récupérer et donc de m'entraîner plus. C'est pour ça que j'ai progressé. C'est l'affaire de quelques mois. Bientôt, j'en aurai plus besoin et j'arrêterai.

Pas convaincant, Jérémie. Et pas convaincue Nora ! Ce genre de promesses, personne ne les tient. Jamais. Maintenant que Jérémie sait comment améliorer ses performances, il ne va pas se gêner.

La fin du voyage s'effectue sans un mot. On entend juste le moteur du bus et les grincements des freins. Les deux jeunes gens sont un peu fâchés et se séparent sans même se saluer.

10 : Travail clandestin

Jérémie a quitté Nora un peu piteux. Il l'aimait bien, Nora. Mais maintenant, il lui semble qu'ils sont définitivement brouillés. Et heureusement qu'il n'a pas tout dit ! Car il a un autre secret, Jérémie. Patrick et Laszlo lui ont offert les produits dopants, au début. Le temps pour lui de les tester et de constater l'efficacité de l'E.P.O. Ensuite, ils lui ont apporté la facture ! Sacrée surprise !

Jérémie n'avait pas de quoi payer, à 14 ans, on n'a guère d'argent de côté. Impossible d'en parler à ses parents, bien entendu. Il a fallu trouver une solution. Lui ne voyait pas trop comment s'en sortir alors Patrick lui a soufflé une idée :

— Tu vends des produits pour nous, et avec le bénéfice, tu t'achètes tes doses. T'es bien placé, tu connais les jeunes…

Il a accepté, c'était le seul moyen d'échapper à des représailles. Et ainsi, depuis deux mois, il écume les sorties des clubs et prospecte auprès des athlètes. Patrick et Laszlo lui ont conseillé d'approcher les plus âgés. Ils peuvent payer plus facilement. Mais attention, c'est un job "dangereux" CAR RIGOUREUSEMENT INTERDIT. Qui nécessite donc une discrétion absolue. Il faut surtout ne pas se faire repérer par les adultes et ne pas traîner trop souvent autour des mêmes endroits. La plupart des sportifs l'ont envoyé sur les roses mais il a réussi à placer quelques doses et le bénéfice lui permet d'acheter les siennes. Dans six mois, il arrête, comme il l'a dit à Nora. De toute façon, bientôt le produit ne sera plus interdit et le trafic cessera. C'est Patrick qui l'affirme. Un vieux comme lui, il ne peut pas se tromper !

Ce commerce l'oblige à se déplacer et à rentrer tard chez lui. Heureusement que sa mère est employée de nuit ! Comme ça, elle ne s'aperçoit de rien. Il n'y a que quelques adultes du collège pour s'étonner de son apathie. Un jour, en cours de maths, il s'est endormi sur sa chaise. Son voisin l'a poussé, il est tombé. Les hurlements de rire dans la classe ! Le prof, par contre…

De temps en temps, il songe à abandonner : ses deux fournisseurs sont de plus en plus exigeants. Ils lui amènent des quantités importantes, à vendre rapidement, et ont augmenté les prix. Jérémie devient un vrai représentant, par nécessité. En deux mois il s'est constitué un carnet d'adresses conséquent. Mais il est de moins en moins discret.

Ce soir, il doit traverser l'île de France pour fournir un athlète qui lui achète régulièrement de l'E.P.O. Un grand espoir du 10 000 mètres, Anthony Moreau, un junior déjà sélectionné en équipe de France. Le coureur lui a donné rendez-vous dans une rue proche de son stade.

Jérémie repère vite le grand gaillard longiligne qui erre sous un réverbère.

— Salut Anthony.

Les deux garçons discutent deux minutes puis le client aborde le sujet qui les préoccupe :

— Alors, t'as ce que je t'ai demandé ?

D'ordinaire, Jérémie exige d'être payé d'avance. Il prend l'argent puis apporte les « doses » un peu plus tard. Pour être certain de recevoir son dû. Mais avec Anthony, pas la peine. Un bon gars, Anthony. Et un acheteur régulier. La transaction peut s'effectuer directement.

Jérémie sort un sac en plastique, empli de boîtes d'E.P.O. Anthony saisit la poche, l'ouvre et vérifie le contenu. Il en a pour au moins six mois. Il manipule les boîtes quelques secondes et referme le sac avant de décamper.

— Eh ! Faut que tu me payes tout de suite ! En liquide ! crie Jérémie.

Le grand se retourne en souriant :

— Ah non !

Jérémie le poursuit, le rattrape et se place en travers de son chemin.

— Ça va pas ou quoi ?

Anthony pousse violemment son fournisseur qui tombe sur le trottoir. Il le maintient à terre, un genou sur la poitrine.

— T'es pas content ? Tu peux toujours porter plainte ! s'écrie le voleur avant de se lever et de s'enfuir définitivement.

Naturellement, Jérémie ne s'est pas rendu au commissariat le plus proche. Son activité est illégale. Il est rentré en pleurant et a décidé de raconter l'histoire à Patrick et Laszlo le lendemain. Ils iront trouver Anthony qui sera bien obligé de payer ! De force, s'il le faut !

Jérémie dispose d'un numéro de portable pour joindre les deux vendeurs. À n'utiliser qu'en cas d'urgence. La perte d'une bonne quantité de produit, ça doit être un cas d'urgence !

Laszlo a répondu. Le jeune garçon a évoqué un petit problème. Ils se sont retrouvés sur le parking d'un supermarché. Confiant, Jérémie a décrit le « petit problème ». Son interlocuteur a perdu son sourire :

— Débrouille-toi. Je veux pas le savoir ! Qu'est-ce qui me prouve que tu dis la vérité, hein ? T'as gardé le pognon pour toi, tout bonnement.

— Mais non, je vous jure !

— Et alors, même si ça s'est passé comme ça ! On fait quoi ? On lui casse la figure, il porte plainte et c'est toi qui aura des ennuis. On t'as déjà dit d'être prudent ! Tu prends l'argent et après seulement tu reviens donner le produit. Si les gars sont pas d'accord, tu fais pas affaire. C'est tout. Va falloir que t'en vendes, maintenant pour récupérer ce que t'as perdu !

Laszlo est intransigeant et n'admet pas de réplique. Jérémie n'insiste pas et le quitte, dépité, après avoir promis de rembourser le plus rapidement possible. L'envie d'abandonner et de partir loin l'assaille, mais il retrouve vite le moral : comme chaque fois qu'il perd confiance, il repense au cross du Val-de-Marne qu'il a gagné si facilement. C'était tellement agréable de recevoir la coupe ! Cette idée le motive et il programme dans sa tête une nouvelle campagne de vente. Il devra mettre les bouchées doubles, sinon, l'histoire risque de mal se terminer. De toute façon, il n'a pas le choix. Et avant tout, sa carrière d'athlète. Après Noël, il y a le cross de qualification pour les championnats de France. Il doit absolument le gagner.

11 : Hôpital Henri Mondor

Nora n'avait plus parlé à Jérémie après leur dispute dans le bus.

Un tricheur comme ça, autant l'oublier rapidement ! Elle ne l'a pas balancé à Michel, c'est déjà bien.

Parfois, elle a eu envie de tout raconter. Surtout lorsqu'elle voyait ses copains, Marvin ou Jules souffrir comme des damnés pour terminer au milieu du peloton. Alors que Jérémie se baladait.

Elle l'avait presque oublié, jusqu'à cette maudite course. Et l'accident qui vient de se produire la met en face de ses responsabilités. Si Jérémie meurt…

L'ambulance s'est éloignée, on entend encore la sirène, de plus en plus doucement. Nora pleure. Elle n'ose pas parler. Elle se sent coupable et se réfugie dans le mutisme.

Michel a finalement discuté avec un pompier. C'est un malaise cardiaque. C'est grave, mais Jérémie a été pris à temps. Normalement, il va s'en sortir. Enfin des propos rassurants.

L'entraîneur ne décolère pas. Il échafaude des hypothèses réalistes :

— Il a dû se doper. Il a progressé comme personne

en quelques mois. Ce n'était pas possible.

Michel rouspète entre ses lèvres :

— Si c'est vrai, il mérite un bon savon ! Quand il sera rétabli, je crois que je vais lui jouer un air de flûte !

Nora questionne :

— Tu sais où il est parti ?

— Oui. Ils l'ont amené à l'hôpital de Créteil.

— J'essaierai d'aller le voir, dit la jeune fille à voix basse.

L'entraîneur ne se calme pas. Nora avait envisagé de se confier mais elle préfère rester silencieuse. Elle n'a pas trop envie d'être la cible de la fureur du coach. Fureur bien compréhensible.

La jeune fille réfléchit. Les fournisseurs du garçon sont certainement des gens prudents. Si elle parle et s'ils se savent recherchés, ils vont probablement interrompre leur activité. Il vaut mieux qu'ils se croient en sécurité. C'est décidé, elle va essayer de les retrouver. À ce moment-là, elle verra comment procéder pour les confondre. Pour les prendre la main dans le sac ! À cause d'eux un jeune a failli mourir ! Hors de question qu'ils s'en sortent !

Jérémie est le seul qui puisse lui permettre de retrouver les deux affreux jojos. Nora profite du mercredi qui suit pour lui rendre visite, sur son lit d'hôpital.

L'hôpital Henri Mondor est un immense bâtiment moderne, rectangulaire, blanc. Une gigantesque croix bleu barre l'immeuble sur la façade. Une légère inquiétude gagne Nora à mesure qu'elle s'en approche. Les sirènes hurlent. Le bruit la replonge dans le souvenir de cet affreux dimanche.

Une noria d'ambulances tourne comme un ballet perpétuel. Certaines transportent des blessés et entrent dans l'établissement, d'autres s'éloignent à grand bruit vers les lieux d'un sinistre. La jeune fille est impressionnée par tant d'activité. Un peu perdue, également. Et apeurée.

Le personnel de l'accueil la renseigne gentiment mais elle passe plusieurs minutes à trouver son ancien ami. Elle s'insère au milieu du trafic de gens affairés qui semblent courir en permanence entre les couloirs et les ascenseurs. Nora est un peu surprise de croiser des malades sur des brancards. D'autres sont debout, reliés à un trépied métallique à roulettes qui supporte une bouteille de verre retournée. Ces personnes se promènent et profitent d'un peu de liberté, malgré la perfusion qui leur injecte un liquide dans le poignet. Revêtus d'une robe de chambre et de pantoufles, ils flânent sans but dans les couloirs. Tristement.

Enfin, une infirmière lui indique la chambre de Jérémie. Son camarade partage les lieux avec un autre jeune garçon.

Il semble content de la voir. Dans un premier temps, il rassure Nora sur sa santé : il a eu un malaise cardiaque, on l'a bien soigné et il va très vite récupérer. Il doit simplement rester une semaine en observation. Ensuite, il devra prendre certaines précautions : il reprendra le sport, doucement et sans forcer. Puis, sans doute après de multiples examens, d'ici quelques mois, cette aventure ne sera plus qu'un mauvais souvenir. Les pompiers sont arrivés à temps, quelques minutes de plus et…

— Je ne me serais pas réveillé, explique-t-il.

Une manière moins brutale de signifier qu'il serait mort.

Il ne reçoit guère de visites. Seuls ses parents sont passés. Ensemble. Il y avait longtemps qu'il ne les avait pas vus en même temps. Sa maman doit revenir en fin d'après-midi. Le garçon se plaint un peu de la nourriture « on mange à six heures du soir, tu te rends compte ! » puis félicite Nora pour sa victoire du dimanche précédent.

Les deux adolescents abordent des sujets divers. Nora voudrait lui parler de Patrick et Laszlo mais n'ose pas. Enfin, après la visite rapide d'une infirmière, elle se lance, timidement :

— Jérémie… Tu reconnais que c'était nul et dangereux, tes « produits » ?

Le garçon se rembrunit. Il pose le doigt sur ses lèvres en désignant son compagnon de chambrée. Il n'a pas très envie d'évoquer les raisons de sa présence à l'hôpital devant des témoins. Nora insiste :

— Tu as le droit de sortir ?

— Oui. Pas dehors, il fait trop froid. Et pas trop longtemps.

— Alors, viens.

Jérémie accepte. Ainsi, ils seront plus tranquilles pour causer.

Plus tranquilles, certes… Mais le malade n'est pas plus bavard ! Oui, il a pris des produits. Mais, personne ne l'a obligé. Alors inutile d'accuser Patrick et Laszlo. On dirait presque qu'il les protège !

Nora lui demande si les médecins sont au courant. Jérémie n'a pas avoué s'être dopé. Un docteur l'a questionné à ce sujet. Il a déclaré s'être senti fatigué depuis quelques jours. Sans doute un peu de grippe, puis il a affirmé être parti très vite lors de la course. Beaucoup plus vite que d'habitude, il ne sait pas pourquoi. Ensuite, il n'a pas ralenti quand il a commencé à souffrir. Il a pensé que ça passerait jusqu'au moment où il est tombé. Le médecin a parlé d'E.P.O., il a juré sur les têtes de tous ses proches qu'il ne savait même pas de quoi il s'agissait. L'homme allait observer ses veines du bras, lorsqu'il a été appelé en urgence. Il est revenu un peu plus tard mais n'a pas repris son investigation. Un oubli. Et un coup de chance pour Jérémie !

Nora est bougonne. Elle s'exclame :

— Tu ferais mieux de tout dire. Au moins pour ta santé. Si ça se trouve, les médicaments qu'on te donne ne vont pas avec l'E.P.O. !

— Mais si. Je vais beaucoup mieux. Je suis sûr que je pourrais rentrer chez moi. On me garde à l'hôpital par précaution, c'est tout.

La jeune fille hausse les épaules et enchaîne :

— Et les autres, là, Patrick et Laszlo ! Ils ne t'avaient pas mis en garde?

Son interlocuteur bégaie et s'embrouille :

— Nooonn… Enfin si… Si, si je savais.

— Tu vas pas les défendre quand même ! Je me charge de les retrouver et tu vas voir !

Devant l'énervement et la conviction de sa copine, le garçon change de ton. Il devient presque suppliant :

— Je vais rien voir du tout, Nora. Ces types sont dangereux. Je… Je leur dois pas mal d'argent.

— De l'argent ? Et pourquoi ?

— J'ai vendu des produits pour eux. Contre mes « doses ». Mais je leur dois encore pas mal de fric.

Nora reste sans voix pendant quelques instant avant de reprendre :

— Et qu'est-ce que tu comptes faire ?

— Continuer à vendre de l'E.P.O. Mais maintenant, ma mère va me surveiller. Je serai moins libre. Ça va être plus compliqué.

Les deux adolescents se regardent, totalement désarmés, puis Nora explose :

— Ouais, et ben je te le dis, ça se passera pas

comme ça. Quand Michel va être au courant, on va les rechercher. Avec la police, s'il le faut !

Jérémie se met à pleurer. Pas très bon pour un convalescent.

— Nora. S'il te plaît, ne dis rien. Je suis en danger. S'ils savent que j'ai parlé, ils n'hésiteront pas…

— À quoi faire ? questionne Nora interloquée.

— À me tuer.

12 : Sofiane

Nora est têtue. En course, c'est une qualité. Quand la ligne droite approche et que le corps souffre, c'est la tête qui lui commande d'accélérer encore et de mépriser ses douleurs. Par contre, la situation actuelle est inédite. Ses adversaires sont d'un calibre et d'une nature différentes. Autrement plus dangereux qu'une « Clotilde Bergeret » ! Et problème supplémentaire, il ne faudrait pas mettre Jérémie en danger. Donc ne pas s'entêter et prendre des risques à tout prix. Pour couronner le tout, Djamila, sa maman, est toujours pointilleuse sur les heures de départ et de rentrée. « Ils se passent tellement de choses, de nos jours !»

En fait, il ne se passe pas « tant de choses ». La cité est calme, l'ambiance y est bon enfant. En particulier pour ceux qui ne fréquentent pas les malfrats, c'est-à-dire, pour presque tout le monde. On peut y mener une vie paisible. Bien entendu, si vous partez à la recherche de deux lascars prêts à sacrifier la vie de jeunes sportifs pour gagner de l'argent, l'ambiance peut tourner au vinaigre. Mais Nora n'en a cure. Une chose cependant lui rappelle la prudence : elle sait que Patrick et Laszlo ne feront aucun cadeau à Jérémie et qu'ils mettront tout en œuvre pour qu'il les rembourse.

Elle sèche deux entraînements. « Je suis fatiguée, je dois récupérer avant les championnats de France » invente-t-elle à l'attention de Michel. Elle en profite pour traîner autour du club de Jérémie. Les coureurs s'entraînent, mais ni Laszlo ni Patrick ne se montrent. Pas de grosse voiture noire aux alentours de la piste. Comment les retrouver !

La jeune fille est prête à changer de tactique. Seule, elle n'arrivera à rien. Elle songe à demander de l'aide à son entraîneur puis un soir, alors qu'elle consulte les classements des courses sur Internet pour connaître les performances de ses futures rivales, elle a une idée. Elle analyse les résultats sur les trois dernières années, à la recherche d'athlètes un peu particuliers. Des athlètes ayant eu des progressions exceptionnelles. Comme Jérémie !

Nora parvient à isoler trois ou quatre noms. Moyens les deux dernières saisons et trustant subitement les podiums. Ils sont licenciés dans la région. Un peu loin tout de même. Décidément, il lui faut un associé… Une bonne idée n'arrive jamais seule : elle peut trouver un comparse. Son cousin, Sofiane.

Sofiane va sur ses vingt ans. Il est roux, c'est courant chez les Kabyles. Il « zone » un peu, comme on dit. Pas méchant, il se tient à l'écart des trafics, mais, pour le désespoir de ses parents passe beaucoup de temps à regarder la télé et à surfer sur internet.

Spécialiste des jeux en ligne. Et de philosophie : « Je ne veux pas perdre ma vie à la gagner », affirme-t-il avec sérénité. Il ne déroge pas à sa règle et donc, il ne travaille que rarement. Comme manutentionnaire au supermarché du coin. Quand ils ont besoin de monde, avant les fêtes de Noël ou avant l'Aïd. À tous les coups, en ce moment, il se repose d'une fin d'année occupée à remplir les rayons. Un repos mérité, certes, mais qui risque d'être un peu long !

« Lui, il pourra me donner un coup de main ! » songe Nora.

Sofiane est mis au courant rapidement. Il comprend le problème et offre son concours, avec une mise en garde :

— Si je trouve du boulot, je laisse tomber.

Nora sourit intérieurement. S'il trouve du boulot ! Le risque est maîtrisé. Elle accepte cependant en rassurant son cousin : « bien entendu, si on t'embauche quelque part, il faut y aller ! »

Le jeune homme demande quelques précisions :

— Qui je piste en premier, sur tous les noms que tu m'as donnés ?

Nora hésite. Peut-être, ces athlètes n'ont-ils jamais touché à rien. Il faut donc un peu de chance et espérer se concentrer sur la bonne personne.

— Essaie-lui, là. Y a sa photo, tu le repèreras facilement ! Dylan Claeys. Zéro victoire l'an dernier. Trois fois deuxième et deux fois premier à l'automne.

Il a gagné trente secondes au kilo. Bien sûr il est en pleine croissance mais ça me paraît énorme.

Sofiane se met en planque le soir même. Avec la photo de Dylan Claeys dans la poche.

Le détective improvisé passe plusieurs soirées à observer les entraînements, dissimulé derrière un mur. Claeys est toujours là, souvent en tête. Mais rien de suspect dans son attitude. Un soir, il rend compte de son travail à Nora. Un peu déçu.

— RAS. Rien à signaler. Il est clean.

— T'es sûr ? T'as rien vu du tout ? Pas de voiture noire qui traîne autour du stade ?

— De bagnole noire ? Quelle bagnole noire ? Tu m'a pas parlé de ça, tu m'as dit de filer un type !

Nora est confuse. La voiture de Patrick et Laszlo ! Assez facile à repérer ! Ils doivent bien démarcher eux-mêmes, maintenant qu'ils n'ont plus Jérémie.

— Quelle marque ? questionne Sofiane.

— Je sais pas, moi. J'y connais rien. BMW ou Mercedes, je pense.

— Mais c'est pas du tout pareil !

— Désolée. Pour moi, elles se ressemblent toutes.

— Enfin ! BMW, c'est pour aller vite, Mercedes, c'est le confort.

— Sofiane, je suis désolée. Si ça se trouve, c'est ni l'une ni l'autre. C'est pas une « française », ça c'est sûr, je connais les logos.

Sofiane ricane et se moque de « ces filles qui n'y connaissent rien à rien ». Nora ne réplique pas et lui décrit le véhicule tandis qu'il continue de pester contre l'inconséquence de sa patronne. Bien que cette fois, il ait peut-être un indice utile.

Nouvelles planques. Deux semaines complètes. Dylan Claeys est une vraie graine de champion. Et ne peut compter que sur ses muscles pour avancer.

« Il faut que je change de club », songe Sofiane. Il enfourche son vieux scooter pour rentrer chez lui lorsqu'une belle berline sombre lui coupe la route. Le conducteur lui a brûlé la priorité. Le chauffard continue et ne semble même pas avoir aperçu, le motocycliste. Sofiane freine, dérape et se rattrape de justesse avant de caler contre un trottoir.

— Houps ! Bravo ! Et après on dit que les deux roues font n'importe quoi !!

Une voiture sombre !! Sofiane redémarre et change de direction. Il accélère et rattrape le véhicule à la faveur d'un feu rouge. Une belle BMW, noire et brillante, comme dans les magazines qu'il feuillette avec envie !

Deux silhouettes occupent les places de devant. Le jeune homme note les numéros de la plaque minéralogique. Une intime conviction. Il est derrière Patrick et Laszlo. Il continue sa filature, Nora serait super contente s'il parvenait à connaître leur adresse. Hélas, les deux hommes bifurquent vers une voie rapide et là, la BMW s'éloigne définitivement. Courbé sur son scooter comme un coureur cycliste dans une descente, les gaz à fond, le cousin de Nora constate avec désespoir que son engin ne roule pas assez vite. La voiture disparaît de son champ de vision et Sofiane en profite pour quitter la rocade.

— Zut. Je les tenais !

13 : Sofiane se déguise

Le lendemain, Sofiane vient attendre sa cousine à la sortie du collège. Les plaisanteries fusent « il est mignon, ton copain ! », aussitôt interrompues par l'indignation de Nora :

— C'est mon cousin, bandes d'idiots !

Les sarcasmes cessent et les deux jeunes gens s'éloignent. Sofiane vient au rapport. Il a bien repéré « Laurel et Hardy » mais n'est guère plus avancé pour les retrouver :

— J'ai les numéros et la marque de la bagnole. C'est bien une « Béhème ». Série 5 GT. Une sacrée bagnole. C'est pas avec mon scooter que je vais réussir à les suivre. Ah, si j'avais une voiture comme ça…

Nora songe en silence que Sofiane n'a toujours pas réussi à s'inscrire au permis de conduire. Trop cher, vu ce qu'il gagne en travaillant un mois sur quatre. Elle préfère ne pas aborder le sujet et suggère :

— La police. Ils peuvent les retrouver, non ?

— Oui, bien sûr. Mais je croyais que tu ne voulais pas prévenir les flics !

— Sauf si c'est trop dangereux pour nous.

— Écoute-moi. Maintenant que je sais où ils traînent, je vais planquer tous les soirs. Ils vont bien revenir. Et je les suivrai jusque chez eux.

— En scooter !

— Oui, parfaitement. S'ils restent en ville, c'est jouable. Peut-être en plusieurs fois. Je suis patient.

Nora sourit. C'est sûr qu'il est patient, Sofiane. Pas nerveux pour deux sous mais patient, ça oui ! Hélas, elle n'a pas le temps d'attendre. Il faut confondre les deux hommes avant qu'ils ne s'en prennent à Jérémie. Elle réplique :

— Non, ce sera trop long. Il faudrait que tu les abordes et que tu leur offres tes services. Tu leur proposes de leur vendre les produits ! Et ensuite, on leur tendra un piège.

Sofiane réfléchit et ne paraît pas enthousiaste : Laurel et Hardy auront du mal à le prendre pour un athlète, avec sa dégaine nonchalante. Mais, à cours d'idées plus pertinentes, il finit par accepter.

Désormais, il se rend tous les soirs près du stade où il a croisé Patrick et Laszlo. En basket et survêt, comme un futur champion olympique. Les chaussures sont plus usées d'avoir arpenté les trottoirs de la cité que les pistes en tartan mais ce n'est pas grave, on pourrait le prendre pour un sportif. De loin…

Ses deux premières planques n'ont rien donné, il a attendu en vain. Le troisième jour, bonne surprise, la Béhème tant espérée débouche dans une rue attenante, sans se soucier ni des limitations de vitesse, ni des jeunes enfants qui pourraient flâner dans le secteur. Le conducteur pile devant l'entrée du stade. Laszlo descend et pénètre dans l'arène. Il a l'air d'être familier des lieux. Sofiane exulte : sa planque va enfin donner un résultat.

Le jeune homme gare son scooter à proximité de l'auto et tourne ostensiblement autour du véhicule. Afin d'attirer l'attention. Et ça marche ! Patrick décide de quitter sa place pour se renseigner sur les motivations de ce garçon à l'allure bien décontractée. Il ouvre la portière et se place face à Sofiane. Celui-ci baisse les yeux et lorgne les chaussures en cuir luisantes et bien cirées de son interlocuteur. Il n'attend pas que l'adulte l'interroge et le salue à voix basse :

— Bonjour, m'sieu. Euh. On m'a dit que… Euh. Voilà… Je suis coureur et faudrait que j'aille un peu plus vite.

Devant cette entrée en matière hésitante, Patrick rétorque :

— Bonne idée… Et alors ?

— On m'a dit que vous pouviez quelque chose pour moi.

— On t'a dit ? Qui c'est « on » ?

Sofiane hésite avant de lancer :

— Jérémie.

Patrick ne cille pas et tandis qu'il réfléchit à sa réponse, Laszlo réapparaît, s'approche puis interroge son comparse en désignant le jeune :

— C'est qui celui-là ?

Patrick esquisse une grimace et dit :
— Un des espoirs du club.
Le cousin de Nora bombe le torse et tente de se donner une allure d'athlète. Laszlo murmure :
— Un des espoirs ? Un désespoir, plutôt. Et qu'est-ce qu'il veut ?
Pour Sofiane, la prise de contact est rude. Les deux hommes ne semblent pas décider à commercer avec n'importe qui. Surtout avec un jeune qu'ils n'ont jamais vu nulle part. D'ailleurs, Patrick traduit leurs pensées :
— Je suis pas sûr qu'on puisse quelque chose pour toi. Tu ferais mieux de t'entraîner dur, le rouquin.
Sofiane masque sa déception et insiste :
— Vous savez, si vous voulez, je peux en vendre de vos produits. Je connais plein de jeunes qui courent.
Laszlo et Patrick sont décidément méfiants :
— Quels produits ?
— Ben, de la dope !
Les deux hommes se regardent, inquiets mais intéressés. Patrick baisse le ton et chuchote :
— Écoute. Aujourd'hui, on n'a rien. Mais si tu veux, reviens dans une semaine et on en reparle. Comment tu t'appelles ?
— So… Slimane.
— Bon, eh ben, salut Slimane et à la semaine prochaine. Même endroit, même heure.
Laurel et Hardy remontent dans leur véhicule et

s'éloignent à grande vitesse.

« Ça y est, les poissons sont pris », pense Sofiane ravi. Un peu inquiet, tout de même. La semaine prochaine, il faudra jouer serré. Ces deux types ressemblent à tout sauf à des plaisantins.

14 : Le piège

Sofiane a fidèlement raconté les péripéties de sa rencontre avec les fournisseurs de Jérémie. Fier de lui, il a insisté :

— Je leur ai menti. Ils croient que je m'appelle Slimane !

Nora bâtit un plan d'attaque : son cousin va rencontrer les deux hommes la semaine suivante. Il acceptera les conditions et fixera un rendez-vous pour la fourniture des produits. Et le jour de la livraison, il viendra accompagné. Nora ne sait pas encore par qui. Elle pense qu'elle pourra mettre Michel dans la confidence. Ou pourquoi pas la police, maintenant. La situation devient dangereuse pour son cousin. Seul ! Comment lutter contre ces deux bandits ?

Il est tard. La nuit a envahi la ville, la rue est éclairée mais au-delà des faisceaux des lampadaires, c'est le néant. La jeune fille rentre de l'entraînement, fatiguée par de dures séances de fractionnés. Elle se presse vers son immeuble. Elle est habituée à rentrer seule le soir, maintenant. Pourtant…

Un pressentiment. L'angoisse monte. Elle n'est pas tranquille.

Peut-être les ombres fantômes qui virevoltent dans les lumières des réverbères. Nora allonge le pas.

Elle courrait si ce n'était son sac en bandoulière qui la gênait.

Soudain une voix murmure :

— Nora !

Cette voix !

Elle l'a déjà entendue. La voix d'un homme d'un certain âge.

Qui est-ce ?

Impossible de se souvenir. Elle ne l'aime pas, elle en est sûre. Son cœur bat de plus en plus vite. Elle se retourne, l'homme est dans l'ombre. Nora recule. Au même instant, une main l'agrippe par derrière. Elle pivote de l'autre côté. C'est Laszlo !

— Salut petite !

Nora ne répond pas. Ses jambes se mettent à trembler. Patrick est légèrement en retrait. Il ne semble pas particulièrement joyeux. Il interroge :

— Tu nous fais espionner ?

La jeune fille reste muette et laisse ses interlocuteurs continuer :

— En tout cas, tu diras à ton cousin Slimane, enfin Sofiane, le poil de carotte, qu'il a encore du boulot avant d'être détective privé. Faudra qu'il soit un peu plus malin. Bon. On sait pas trop ce que tu nous veux, mais si tu continues, ça va mal se terminer. Pour toi et pour ton cousin. Sans oublier ton petit copain Jérémie, si on s'aperçoit qu'il est dans le coup. Qu'est-ce que tu sais au juste ?

Laszlo lui tord le bras. Nora n'a pas l'intention de

parler. Mais si les deux décident de la torturer, elle ne résistera pas longtemps. Laszlo continue de lui tordre l'avant-bras. La douleur devient vite insupportable. Des larmes jaillissent de ses yeux. Il faut absolument leur échapper.

La jeune athlète observe autour d'elle. Le vide. À cette heure, il n'y a jamais personne dans ce secteur. Inutile de crier, ne compter que sur soi. Se défendre, les frapper avec ses poings, son sac ? Impossible, ils sont beaucoup plus forts. Fuir ? Pourquoi pas, si Laszlo desserre son étreinte. Comme toute réponse, le bandit comprime encore un peu plus son avant-bras.

Il lui fait mal. Envie de pleurer. Mais pas question de s'écrouler devant ces crapules. Laszlo hurle :

— Alors ! Qu'est-ce que tu cherches ?

Il la secoue, approche son visage contre le sien. Il est affreux. Enlaidi par la haine. Envie de lui cracher dessus. L'homme desserre un instant ses doigts afin de reprendre une position plus confortable…

Là ! C'est maintenant !

Nora tire violemment son bras et se libère. Elle s'élance vers l'obscurité.

Mais Patrick tend la jambe. Un joli croc-en-jambe. L'adolescente s'affale sur le goudron. Elle a placé les mains en protection. Ses paumes s'éraflent sur le sol. Sensation de brûlure intense. Nora fond en larmes.

Laszlo la relève et lui enserre à nouveau le poignet. Patrick ricane et l'interroge :

— Tu causes, maintenant ?

Silence. Ponctué par un cri. Laszlo vient de lui tordre le poignet. Nora lui crache à la figure. L'homme s'écarte.

Nora en profite : elle lui balance son lourd sac de sport sur la tête et s'échappe. Cette fois, Patrick ne réagit pas tout de suite et la jeune fille parvient à prendre quelques mètres d'avance. L'homme se lance à sa poursuite. Il est rapide. Il va la rattraper. Nora est à fond. Pas sa spécialité, le sprint. Il faut qu'elle garde l'écart durant deux ou trois cent mètres, ensuite, elle en est certaine, son poursuivant va s'épuiser. Elle l'entend, il est tout près, il n'a plus qu'à allonger le bras pour la saisir. Nora change brutalement de direction. L'homme rate sa cible, retient du vide et tombe. Il se relève, reprend sa poursuite. Mais la jeune fille a accentué son avance. L'homme sprinte. Il comble peu à peu les mètres qui le séparent de la fuyarde. Nora souffre. Pire que dans ses duels avec Clotilde.

Patrick la menace à nouveau. Il ne s'épuise pas, hélas. La rue est droite, sans obstacle, bordée d'immeubles d'un côté et d'un terrain vague de l'autre. Impossible de se cacher et l'adulte va vite. Plus vite qu'elle.

Soudain Nora quitte la route et pénètre sur le terrain vague. Dix mètres plus loin, elle plonge dans le noir absolu. Elle avance au jugé, trébuche dans des ornières, s'égratigne sur des buissons.

Et surtout, ne sait plus où elle va…

15 : Prisonnière

Haletante, Nora progresse dans le champ. Au bout, elle le sait, il y a un petit bois. Où elle pourra se cacher et attendre.

Derrière, Patrick a sorti son portable. Le téléphone éclaire, faiblement. L'homme a perdu sa cible de vue. Il hésite, s'arrête, écoute puis repart. Nora a repris de l'avance. Elle est invisible. Seul le bruit de ses pas peut la trahir. Elle se déplace doucement maintenant et tente de calmer sa respiration. L'adolescente s'empêtre dans des branches et tombe. Encore sur les paumes de ses mains. Elle serre les dents, n'ose pas se lever puis réfléchit… *Non, ce n'est pas possible. Jamais j'y arriverai. Pourtant… Pourtant, c'est la seule solution. J'aurai pas le courage, pas la force…*

SI, NORA, IL LE FAUT !

Nora tâte le sol et saisit un des bouts de bois qui vient de l'entraver. Le plus gros.

La jeune fille se cache derrière un tronc. Elle ne voit plus Patrick mais l'entend. Elle pense : « *Je suis folle* ». Puis ramasse une pierre et la lance à quelques mètres d'elle. Bruit mat dans le silence. Le bandit s'arrête. Il scrute dans la direction de l'impact et s'approche. L'écran du portable diffuse un infime faisceau.

Nora tremble. « *Jamais je pourrai* ». L'éclair est à quelques mètres. Attendre encore un peu. Une seconde, une autre. Ne plus respirer. Le point lumineux est là. Les larmes et la sueur coulent dans les yeux de la jeune fille. Elle s'agrippe des deux mains à son bâton. Brusquement, elle sort de sa cachette et frappe de toutes ses forces dans le noir. Environ cinquante centimètres au-dessus du point lumineux du portable. Le choc est terrible. Patrick chancelle et s'écroule, les genoux à terre. Il serre le téléphone qui éclaire son visage ensanglanté. Le bandit tente de se relever. Nora a repris son morceau de bois bien en main et lui assène un second coup. Encore plus fort. Elle a crié au moment où elle a frappé. Un cri de karatéka qui a fusé au cœur du silence de la nuit ! Le morceau de bois s'est brisé. Patrick tombe, assommé.

Nora reste bouche bée. Le portable éclaire légèrement la scène. L'homme gît à terre, le front bruni et rougi par un mélange de terre et de sang.

Et s'il est mort ?

Nora songe à lui tâter le pouls. Non, elle a trop peur. Peut-être simule-t-il un KO et va-t-il lui bondir dessus ? Il faut s'enfuir. Nora s'apprête à propulser le bâton dans le bois puis se ravise. C'est l'arme du crime ! Il faut la jeter loin. N'importe où dans une poubelle.

Nora quitte les lieux, le reste du bâton à la main.

Doucement, en prenant garde d'éviter les obstacles. En se demandant si elle n'a pas tué Patrick. Elle n'a pas retenu son geste.

Et maintenant ?

Vite, rentrer chez elle.

Mais Laszlo ?

Il sait où elle habite, la ruse de « Slimane-Sofiane » a été éventée. Il va la cueillir en bas de son immeuble. Et Patrick va se réveiller et vouloir se venger. Il va la tuer…

Nora reste sous les arbres. Pas question de sortir à découvert. L'heure tourne…

Mais ça, c'est plutôt une bonne nouvelle ! Sa mère ! Elle va s'inquiéter et se mettre à sa recherche. Appeler la police qui va arriver, avec ses gyrophares, ses projecteurs. Elle sera sauvée. Il suffit de patienter. La jeune fille se couche sous un buisson et attend. Mais soudain…

Oh non !

Sa maman ne dort pas là, ce soir. Exceptionnellement, elle a laissé sa fille seule. Djamila s'est rendue chez sa sœur Amina pour trois jours. Le temps que celle-ci accouche ! La tante de Nora est rentrée la veille à la clinique et il y a son petit cousin à garder.

Tout est prévu : Rayan, le mari d'Amina fera la navette entre la maternité et sa maison. Pendant ce temps-là, Djamila s'occupera de l'intendance. Nora se souvient des mille recommandations de sa mère.

« *Ne rentre pas tard et ferme la porte à clé...* »

Ça commence bien !

Nora n'ose quitter son abri. Enfin, vers 23 heures, elle décide de sortir de sa cache.

Elle se dirige vers le halo des lampadaires, rejoint la rue puis progresse en direction de son immeuble en restant à distance des zones lumineuses. Sur le chemin, elle abandonne l'arme du crime dans un container-poubelle.

Suivre l'ombre et rentrer chez elle. Vite. Pas par l'entrée principale, non ! Elle est gardée. Sûr que Laszlo la guette de ce côté. Par l'arrière du bâtiment, par contre… Il y a des soupiraux qui permettent d'accéder aux caves. Les vitres sont souvent brisées. Maudit vandalisme ! Pour une fois, elle féliciterait bien ces idiots qui balancent des pierres dans ces vasistas, uniquement pour s'amuser. Une fois à l'intérieur, peut-être pourra-t-elle gagner son appartement. Si la cave est ouverte…

La jeune fille arrive derrière son bâtiment. Chouette un soupirail cassé ! Mal obturé par un carton. Une aubaine. Un coup de poing et le carton se déchire. Couchée au sol, Nora se faufile à travers la fenêtre, se pend par les bras au cadre du soupirail et se laisse glisser à l'intérieur de la cave. Elle lâche prise et saute. Dans une obscurité totale.

Boum !

L'atterrissage est brutal. Nora achève sa chute sur

les fesses, les mains au sol. En plein sur ses brûlures. Hurlement !

La voilà dans la cave d'un des occupants de son immeuble. Nora explore le local à tâtons. Il semble vide. Elle touche les murs de ciment, avance prudemment, une main contre le mur, une autre devant elle afin d'éviter de cogner un obstacle puis parvient près de la porte en planches. Fermée par un cadenas. Les lattes de bois barrent le passage vers la liberté. C'est pas vrai ! Elle était presque sauvée. Maudite porte, maudit cadenas !

L'ado s'énerve, saisit la chaîne et la secoue. Las, la ferraille résiste.

Appeler ? Inutile. Personne ne l'entendrait.

Attendre ? Dangereux. Les caves sont peu fréquentées. Il peut se passer des jours sans que personne n'y vienne. Il faut avouer que l'endroit n'est guère agréable.

La nuit est froide. Glaciale. Nora est en tenue d'entraînement. Heureusement qu'elle a revêtu son bas de survêtement, sinon… Elle a perdu son sac dans la bagarre. Rien à boire, rien à manger. Nora s'étend, se replie sur elle-même, et somnole, couchée sur la terre battue. En chien de fusil. La seule position qui lui permette de conserver un peu de chaleur. Dehors, c'est le silence complet. La nuit est longue, le sommeil perturbé par le froid et l'angoisse. Nora s'éveille, se tourne, tente de se réchauffer.

Enfin, le jour se lève. Il apporte un peu de lumière et de chaleur. Nora constate « les dégâts ». Le soupirail par où elle est arrivée est trop haut pour songer à ressortir. La cave est vide, le sol jonché de détritus. Les locataires ne l'utilisent pas. Hélas… La jeune fille ne dispose d'aucune aide pour grimper. Cette fois, elle est prise au piège.

Comment sortir ? Comment survivre, sans boire ni manger !

Elle pense appeler au secours, s'approche du soupirail et aperçoit quelqu'un qui se déplace autour de l'immeuble. Elle distingue juste ses pieds qui se meuvent lentement. Il va l'entendre, il est tout proche. Ooooh ! Horreur ! Ces chaussures qui brillent ! C'est Patrick qui piste et attend son retour. Bonne nouvelle, il n'est pas mort et elle n'est pas une meurtrière. Mauvaise nouvelle, il va se venger.

Nora se recroqueville au fond de la cave, le plus loin possible de l'ouverture. Les pieds s'éloignent. Que faire ?

La jeune fille observe sa prison. Assise sur le sol, appuyée contre un mur, elle regarde machinalement ses mains terreuses et douloureuses. Elle se met à pleurer et s'endort, épuisée.

16 : La liberté

Nora s'éveille en milieu de matinée. Le froid est intense. Ses mains endolories sont comme paralysées. L'adolescente effectue quelques mouvements pour se réchauffer. Flexions, extensions, flexions, extensions. L'exercice lui fait du bien. La rassure un peu.

Pas longtemps. Elle se remet vite à pleurer. Sa situation est désespérée. Elle n'ose appeler à l'extérieur et à l'intérieur personne ne viendra. Elle a faim, soif, froid. Combien de temps peut-elle tenir dans cette cellule glacée ?

Quelques déchets sont éparpillés sur le sol. Des boulons, des morceaux de fer. Elle en saisit un et le lance de toutes ses forces contre un mur. De rage. La pièce métallique rebondit et heurte un gros tuyau vertical fixé dans un coin de la pièce. Bing !! Le son aigu résonne quelques secondes.

« Mais, oui, bien sûr ! » Les gouttières ! Qui descendent du toit et se perdent dans le sous–sol avant de rejoindre les égouts ! Qui glougloutent les jours de pluie et qui l'ont tellement amusée, quand elle était plus jeune !

Le gros tuyau passait à la tête de son lit !

Et lui servait à « parler » avec son amie de l'étage inférieur. Les deux petites filles avaient fabriqué un code, un peu comme le Morse et s'envoyaient des messages sonores. En frappant sur le métal avec un stylo. Malheureusement, tous les appartements situés sur la course du tube profitaient de la conversation ! Un jour, la mamie du sixième était venue se plaindre…

Nora saisit le plus gros morceau de planche qui traîne à terre et frappe violemment la conduite d'eau. Dix fois, vingt fois, cinquante fois. Une halte pour reprendre son souffle et elle recommence. Bing ! Bing ! Bing ! Les cloches de Notre-Dame de Paris !

Une heure d'attente, la matinée est bien entamée. Personne n'a entendu les appels. Nora désespère. Elle est gelée. L'idée d'une nouvelle nuit dans cette cave l'effraie. Elle va y mourir de froid, de faim et de soif. Elle improvise un nouveau solo de percussion. Du hard rock, du « métal » comme se plaît à écouter Sofiane ! Sans guitare, rien que les cymbales. Et cette fois, ça marche. Sur le coup de midi, elle entend du bruit dans le couloir. Un habitant en colère qui vient de se précipiter dans les sous-sols. Il va lui passer un savon ! Le plus beau de sa vie !

— Qui c'est qui tape, ici ! Sortez. Montrez-vous. Vous vous rendez compte du bruit que vous faites !

Le ton est rude. Nora appelle doucement :

— S'il vous plaît, je suis enfermée.

L'homme s'approche. Il a entendu Nora et s'immobilise de l'autre côté de la porte du débarras. Il s'insurge :

— C'est toi qui tapes depuis deux heures ?

— Oui. Excusez-moi. Je suis enfermée.

L'habitant se calme et dit :

— Tu sais à qui elle est, cette cave ? C'est la tienne ?

Nora s'impatiente.

— Non, je ne sais pas. Ouvrez, s'il vous plaît, je suis gelée.

— T'es marrante, toi, il y a un cadenas !

Une crainte, que le type s'en aille. Ou que ce soit Laszlo ou Patrick. Impossible, ce n'est pas leur voix. Et l'autre, s'il part, elle va taper, taper, taper ! Quarante huit heures non stop, s'il le faut. Et c'est tout l'immeuble qui va descendre ! Ah non ! On va pas la laisser pourrir ici, maintenant.

Nora suggère :

— Cassez-le ! Je le repayerai au propriétaire !

L'homme comprend enfin la souffrance de son interlocutrice et court chercher des outils. Le type s'échine, vocifère, tempête. « Un fameux bricoleur » se dit Nora en trépignant sur place. Vingt minutes plus tard, grâce à une grosse paire de pinces, le cadenas est brisé et la porte s'ouvre. Enfin ! Nora reconnaît le locataire du troisième. Elle le remercie, promet de lui expliquer plus tard et monte chez elle. Elle jette un coup d'œil au passage vers l'extérieur mais ne repère ni Patrick, ni Laszlo. Peut-être sont-il partis se reposer !

À l'instant où elle ouvre la porte, le téléphone sonne. Elle se précipite et décroche. C'est sa mère qui s'inquiète.

17 : La poursuite

— Ça va, ma fille ?

— Très bien.

— Je t'appelle depuis ce matin ! Où tu étais ?

— Ben, au collège !

— Le mercredi ?

— Ah, oui ! On avait un cours supplémentaire…

— Tu aurais pu me le dire ! Enfin ! Ta cousine est née. Elle s'appelle Assia.

Nora tente d'abréger la discussion. Bien sûr, elle est très contente d'avoir une cousine, 3 kg, 51 cm, en pleine santé. Mais elle est surtout frigorifiée et voudrait aller prendre un bain bien chaud. Enfin, sa mère raccroche et la jeune fille se précipite dans la salle de bains.

Elle somnole un peu dans la baignoire et réfléchit. Maintenant, elle doit appeler à l'aide. Michel, en premier lieu. Lui saura quoi faire.

Avant de le joindre, Nora s'approche discrètement de la fenêtre de son salon et observe le parking. Elle balaye les alentours et aperçoit une BMW noire, garée assez loin de l'immeuble. Patrick et Laszlo ont laissé un peu de distance, afin de demeurer discrets. Dès qu'elle va sortir, ils vont l'attraper. Ou bien attendent-il le soir pour pénétrer dans son appartement. L'idée lui glace le sang. Et Sofiane ! Lui aussi est en danger.

Nora l'appelle et lui ordonne de rester chez lui. Sofiane s'excuse d'avoir été si naïf puis réagit :

— Dis-moi ! Nous aussi, on peut les intimider ! On est nombreux, ici. Avec tous mes copains, on va leur foutre la trouille !

— Non. Peut-être qu'ils partiraient, mais ça m'étonnerait qu'ils laissent tomber Jérémie qui leur doit de l'argent. Et s'ils disparaissent, ils recommenceront ailleurs. Non, moi, je veux qu'on les arrête. Je t'appelle si j'ai besoin d'aide.

Nora a proféré ces dernières paroles sans conviction : Sofiane n'est pas très efficace.

Michel, joint au téléphone, commence par un bon sermon :

— Il fallait m'en parler ! Maintenant, les types se méfient. Et Jérémie qui a failli mourir ! Tous les mêmes, les jeunes ! Vous ne nous croyez jamais. Je t'avais dit que c'était dangereux, ces produits ! Vous avez pensé que j'exagérais, hein. Je vous entends d'ici ! Les vieux, là, ils ont toujours peur de tout, faut toujours qu'ils dramatisent… Tandis que vous, les jeunes ! Tant que vous vous êtes pas brûlés, y a pas, faut que vous approchiez les doigts de la flamme !

Nora ne réplique pas. Michel a raison. Même s'il… exagère un peu. L'entraîneur continue :

— Tu connais la voiture des deux types qui te suivent, tu m'as dit. T'as pas le numéro des plaques, par hasard ?

— Moi, non, mais Sofiane, si.

— Donne-le moi rapidement. Ensuite, je viens vous chercher.

Nora obéit. Sofiane fournit le renseignement à Nora au téléphone qui elle-même le transmet à Michel.

— Bravo championne. C'est une info en or. J'arrive dans une heure, dit-il. Attends-moi et dis à ton cousin de se préparer.

Effectivement, une heure plus tard, Michel est en bas, au volant de sa voiture. Nora le rejoint et lui indique le chemin pour gagner l'immeuble de Sofiane. À l'instant où ils quittent le parking de la résidence, la « Béhème » se place dans leur sillage. Michel les identifie immédiatement dans son rétroviseur mais reste muet. Nora ne s'est pas retournée et ignore la présence de ses deux bourreaux à quelques mètres derrière.

L'entraîneur suit les indications de la jeune fille et le « convoi » arrive rapidement sous les fenêtres de Sofiane. Nora s'apprête à descendre lorsque Michel la retient par le bras.

— Regarde derrière !

Nora pivote. La BMW ! Garée quelques places plus loin ! Bande de teignes ! Nora grimace et murmure inquiète :

— On reste là ?

En guise de réponse, Michel klaxonne à plusieurs reprises puis s'énerve :

— Qu'est-ce qu'il fait ! Il dort ou quoi !

Sofiane ne s'est pas assoupi. Dès qu'il entend

l'avertisseur, il passe le nez à la fenêtre et, trois minutes plus tard, il s'installe à l'arrière du véhicule.

— Et maintenant ? fait Nora toujours craintive.

— Accrochez-vous, réplique l'entraîneur.

Il connaît parfaitement sa petite ville de banlieue. Bien concentré sur sa conduite, il balade ses poursuivants à vive allure à travers les cités et les zones pavillonnaires. Accélérations, freinages, changements de direction brutaux… Dans l'habitacle, Nora et son cousin sont balancés sans ménagement sur les bord de la voiture. À plusieurs reprises, Sofiane heurte la vitre de sa tête.

— Aïe. Oh, fais attention !

Michel sait où il va. Pas ses poursuivants. Malgré son handicap de puissance et de vitesse, il finit par semer la Béhème. Dès qu'il ne la voit plus dans son rétro, il quitte brusquement la route principale et tourne dans une petite impasse. Il continue quelques mètres et se range à l'abri d'une entrée de garage. Il sort précipitamment et regagne l'avenue à pied. Le véhicule noir de Patrick et Laszlo passe droit devant lui à bonne vitesse. L'entraîneur sourit et remonte dans son véhicule.

— Qu'est-ce que vous dites de ça ? On les reverra pas par ici.

Nora bougonne. Elle attend quelques instants avant de répliquer :

— Tu crois ? Ça m' étonnerait qu'ils laissent tomber. Et maintenant, on les a paumés !

— Une fois de plus, tu refuses de faire confiance

au vieux Michel ! Tu vas voir : ce soir, on ne reparlera plus de ces types. On y va ! Attention, ça va décoiffer !

L'entraîneur redémarre et s'engage dans l'avenue qu'il vient de quitter. Il s'éloigne de la ville et se dirige rapidement vers un lieu que lui seul semble connaître. La voiture parcourt environ trente kilomètres avant de se garer au bord d'un trottoir, à proximité d'un vaste pavillon en pierres brunes. Nora et Sofiane n'ont pas la moindre idée de l'endroit où ils se trouvent.

De nombreux véhicules sont immobilisés et barrent la rue. La BMW noire est rangée derrière le portail de la maison. Deux hommes s'affairent à l'intérieur. Quant à la maison, elle est grand ouverte et semble le siège d'un immense chambardement. Michel descend et demande aux deux jeunes de le suivre. Ils s'approchent d'un géant blond en blouson de cuir. Ce dernier se tourne vers l'entraîneur, un large sourire aux lèvres. Michel l'apostrophe :

— Alors, lieutenant Kohl, la pêche est bonne ?

Au même moment, Patrick et Laszlo passent la porte de la villa. Bien accompagnés, par quatre policiers en uniforme, les menottes aux poignets. Patrick a un énorme bandage sur la tête. « Je l'ai pas raté » se dit Nora.

Le groupe se dirige vers une camionnette bleue discrètement rangée dans un renfoncement de la rue. Le véhicule charge tout le monde à son bord et démarre, gyrophare et sirène en marche.

Épilogue

Les quatre athlètes du club sélectionnés pour les championnats de France de cross se détendent, à bord du minibus qui les mène vers la forêt d'Orient, à deux cents kilomètres de Paris. Cette année, l'épreuve aura lieu dans cette région, boisée et humide. Du terrain boueux en perspective.

Sofiane est du voyage. Le club d'athlé l'a embauché pour quelques mois. Il est chargé du matériel. Et il est très actif. Certains prétendent même qu'ils l'ont vu faire des tours de piste. Mais l'information n'a pas été vérifiée.

Les jeunes n'en finissent pas d'interroger Michel.

— Mais je comprends pas comment t'as retrouvé ces bandits ?

— Le numéro ! Le numéro de la plaque. Dès que Nora me l'a donné, j'ai appelé le lieutenant Kohl. Je l'ai longtemps entraîné quand je m'occupais du club de la police. Je lui ai tout raconté, enfin ce que je savais ! C'est-à-dire ce qu'avait bien voulu me raconter cette cachottière de Nora ! Il m'a dit qu'ils effectuaient les recherches et qu'ils allaient demander l'autorisation de perquisitionner au juge. J'étais bien content de voir la BMW en bas de chez Nora. J'ai tourné un peu en ville, histoire de leur faire perdre du temps, ensuite je les ai semés. J'imaginais bien qu'ils allaient rentrer chez eux. Là-bas, il ont été accueillis par Kohl et ses camarades qui ont déniché des frigos emplis d'E.P.O. et d'autres saletés. Comme ils n'ont pas réussi à justifier la présence de toute cette marchandise, les policiers les ont arrêtés.

Patrick et Laszlo pourraient rester à l'ombre quelque temps, suite au témoignage de Nora et de Sofiane. De Jérémie aussi, qui a tout révélé. Enfin !

Nora lui a proposé de les accompagner mais il a refusé. Il a honte. Espérons que ça lui passera. Surtout que désormais, le dopage, pour lui, c'est du passé. Même s'il doit se retrouver au milieu des pelotons. L'important, c'est de participer !

On approche du lieu de la course. Nora a perdu son sac de sport, dans la lutte avec Laszlo. Cette fois, elle ne l'a pas retrouvé. Michel lui a proposé de courir pieds nus ! Puis il lui a offert une paire de chaussures neuves !

La jeune fille est nerveuse. Elle a croisé Clotilde sur une aire d'autoroute. Elle profitait de la halte du car de son club pour se dégourdir les jambes. Sa rivale se rend aussi à la forêt d'Orient et sera bien présente. Encore une sacrée lutte en perspective. Michel dédramatise :

— Tu l'aimes pas, hein, Clotilde. Tu sais, pourtant les plus belles histoires de sport, c'est quand on se serre la main à la fin, entre adversaires. Tiens, je vais vous en raconter une : 1992, jeux de Barcelone. Finale du 10000 mètres féminin. L'Afrique du Sud revient aux jeux après en avoir été exclue très longtemps.

Fanny, l'amie d'origine africaine de Nora s'exclame :

— Exclue ! Mais pourquoi ?

— Ah, fait Michel. Un grand problème politique. Pendant des années, en Afrique du Sud, les blancs et les noirs n'avaient pas les mêmes droits. Les blancs possédaient tout, les noirs étaient rejetés dans des ghettos. Il y avait des bus pour les blancs et des bus pour les noirs. Pareil pour les écoles, les magasins… L'Apartheid, on appelait ça. Vous imaginez ! Comme si ici, tu ne mangeais pas à notre table.

Fanny marmonne :

— Ce serait… dégueulasse.

L'entraîneur hoche la tête et ajoute :

— Et Nora, on en ferait quoi ? Elle est noire ou blanche ?

Nora regarde ses mains en souriant. Elles sont foncées, mais plus claires que celles de Fanny. En fait, elle est inclassable. Sofiane, le roux, suggère en rigolant :

— Et moi ? Il faudrait créer des bus pour les rouges !

— Exactement, confirme Michel. Le gouvernement Sud-Africain n'acceptait pas les différences. Et donc, dans ces années-là, les autres pays avaient décidé d'exclure l'Afrique du sud des compétitions. En plus, les relations entre les gouvernements d'Afrique noire et celui de l'Afrique du sud étaient très tendues. Pas la guerre mais pas loin. Jusqu'au jour où l'apartheid a enfin été aboli. Les Sud-Africains sont revenus dans les épreuves. Et à Barcelone, je disais, pendant la finale du 10 000 mètres… Une éthiopienne noire, Derartu Tulu et une sud-africaine blanche, Elena Meyer sont à la lutte. Elles ont largué tout le monde et sont au coude à coude dans le dernier tour. C'est symbolique. C'est l'Éthiopienne qui gagne, devant la Sud-Africaine. Tulu est la première femme d'Afrique noire à remporter une médaille d'or en athlétisme aux Jeux Olympiques et Meyer la première médaillée de son pays depuis le retour. Mais l'histoire n'est pas terminée. Les deux filles passent la ligne, courent chercher un drapeau de leur pays puis se rejoignent. Et font un tour d'honneur ensemble en emmêlant joyeusement les drapeaux.

Michel a presque les larmes aux yeux. Il aime le sport. Il en connaît les dérives, les bagarres entre supporters dans les stades de foot, l'argent roi, et maintenant le dopage qui salit tout... Il sait que Patrick et Laszlo en prison seront à coup sûr remplacés par d'autres trafiquants sans scrupules. Mais il sait aussi que des histoires émouvantes se sont construites sur les stades. Comme celles de Derartu Tulu et Elena Meyer qui ont tenté de faire la paix définitivement au nom de leurs peuples.

Nora comprend le message et conclut :

— D'accord, Michel. « La Clotilde », je lui ferai la bise, même si elle me bat. Mais pour y arriver, il va falloir qu'elle soit en forme !

FIN

SOMMAIRE

1. L'accident	page 5
2. La naissance d'une passion	page 10
3. Bientôt les vacances	page 15
4. Jérémie quitte le club	page 21
5. Le premier cross	page 28
6. Une fuite énigmatique	page 39
7. Des seringues dans la poubelle	page 43
8. Les interrogations de Nora	page 49
9. Patrick et Laszlo	page 53
10. Travail clandestin	page 61
11. Hôpital Henri Mondor	page 66
12. Sofiane	page 73
13. Sofiane se déguise	page 79
14. Le piège	page 84
15. Prisonnière	page 88
16. La liberté	page 94
17. La poursuite	page 98
Épilogue	page 103

L'auteur

Banlieusard de naissance pour cause d'exode rural, Jérôme Zolma passe sa jeunesse à Arcueil, petite cité de la banlieue rouge des septanties, cité qui abrita jadis Erik Satie. Plus tard, son ex-vie professionnelle l'amène à poser ses valises du côté de Nantes, de Brive la Gaillarde et même de Mostaganem en Algérie.... Agronome de formation, il exerce pendant 17 ans la profession de cadre dans les fruits et légumes.

Mais à la quarantaine, il décide de tout plaquer et de se consacrer enfin à des choses essentielles : il devient professeur des écoles et exerce actuellement dans une ZEP du côté d'Avignon. Parallèlement, il consacre une grande part de ses loisirs et de ses nuits à l'écriture.

Il a publié deux romans aux éditions **Krakoen** « **Mort en sauce** », pamphlet à l'adresse de l'industrie alimentaire et « **Amères thunes** », une fiction qui débute dans la grande distribution.

Enfin, aux éditions **Jigal**, ses romans mettent en scène une héroïne récurrente, Lily Verdine, anarchiste qui tente de revêtir des costumes parfois un peu grands pour elle. Sa dernière affaire (**Lily en eaux troubles**) l'amène dans la basse vallée du Rhône, entre Drôme et Vaucluse. Le fleuve y joue un rôle non négligeable mais il serait dommage d'en dire trop.

« **Adios Viracocha** » le troisième opus de la série a reçu le prix du site rayonpolar 2010 (ex prix rompol) et « **Lily en eaux troubles** » le prix du festival de Nyons 2012.

Son premier roman jeunesse « **Pas volé, trouvé** » chez **Rouge Safran** retrace la rencontre improbable entre un jeune rom et un collégien de la banlieue parisienne.

Le marathon de Paris 2000 auquel il a participé et son attrait pour la course à pied l'ont inspiré pour écrire SPRINT À MORT.

Bibliographie 2012 - Zolma

Romans adultes - Polars

Éditions Jigal
- Croisière jaune – 2007 - nominé au prix intramuros Cognac - 2008
- Mistral cinglant - 2008
- Adios Viracocha nominé prix marseillais du polar 2010, prix du site rayon polar 2010
- Lily en eaux troubles – 2011 – Prix du polar de Nyons 2012

Éditions Krakoen
- Mort en sauce - 2006
- Amères thunes - 2012

Nouvelle « Week-end » à paraître début 2013, dans la collection Petit Noir.

Roman Jeunesse – Catégorie polar

Éditions Rouge safran
- Pas volé, trouvé - 2010
- Sprint à mort - 2013

Collection POIVRE

Déjà parus

Mystères chinois au Panier	Georges Foveau
Le mystère de la Cabre d'or	Georges Foveau
Drôle de cirque au festival	Georges Foveau
Un Indien en Camargue	Georges Foveau
La nuit des quais	Georges Foveau
Ruines maudites !	Georges Foveau
Le survivant de Sormiou	Magalie Damel
Le Val d'enfer	Magalie Damel
Le Panier aux mystères	Florence Hinckel
Clopes en stock	Florence Hinckel
On a volé la Sainte-Victoire !	Joël Rumello
Aix et Terreur	Joël Rumello
L'ogre de l'île Verte	Joël Rumello
Tontons !	François Thomazeau
Le secret des gabians	Anne-Cécile Suied-Michelet
Le feu au lac	Jean-Hugues Oppel
Piège à la verticale	Jean-Hugues Oppel
Des rayures dans la nuit	Jean-Hugues Oppel
À la poursuite du masque d'Odor	Franck Membribe
Rififi pour une sacrée guitare	Franck Membribe
Sur la voie du crime	Georges Foveau
Maléfique manuscrit !	Marie Agostini
Une vieille histoire de meurtre	Marie Agostini
Embrouilles et quenouilles	Arnaud Perret
Bidouilles et glorioles	Arnaud Perret
Pas volé, trouvé...	Zolma
La maison des démons	Marion Poirson
Fausse note au ranch	Françoise Laurent
Mystère au Caire	Karine Giordana
La malédiction des Porcelet	Marie Agostini
Le parchemin maudit	Marion Poirson
Géant en eaux troubles	Franck Membribe
Angoisse à athènes	Karine Giordana

Achevé d'imprimer sur les presses de Papergraf (it)
en avril 2013
ISBN : 978-2-913647-97-8
Dépôt légal à parution